KB095061

눈으로 보는 광고천재 B

킹묵 현대 판타지 소설

초판 1쇄 찍은 날 § 2021년 5월 25일
초판 1쇄 펴낸 날 § 2021년 6월 1일

지은이 § 킹묵
펴낸이 § 서경석

총괄팀장 § 노종아
편집책임 § 박현성
디자인 § 스튜디오 이너스

펴낸곳 § 도서출판 청어람
등록번호 § 제387-1999-000006호
등록일자 § 1999. 5. 31
어람번호 § 제1-3139호

주소 § 경기도 부천시 부일로 483번길 40 서경B/D 3F (우) 14640
전화 § 032-656-4452 팩스 § 032-656-4453
http://www.chungeoram.com
E-mail § chungeorambook@daum.net

ⓒ 킹묵, 2020

ISBN 979-11-04-92349-4 04810
ISBN 979-11-04-92281-7 (세트)

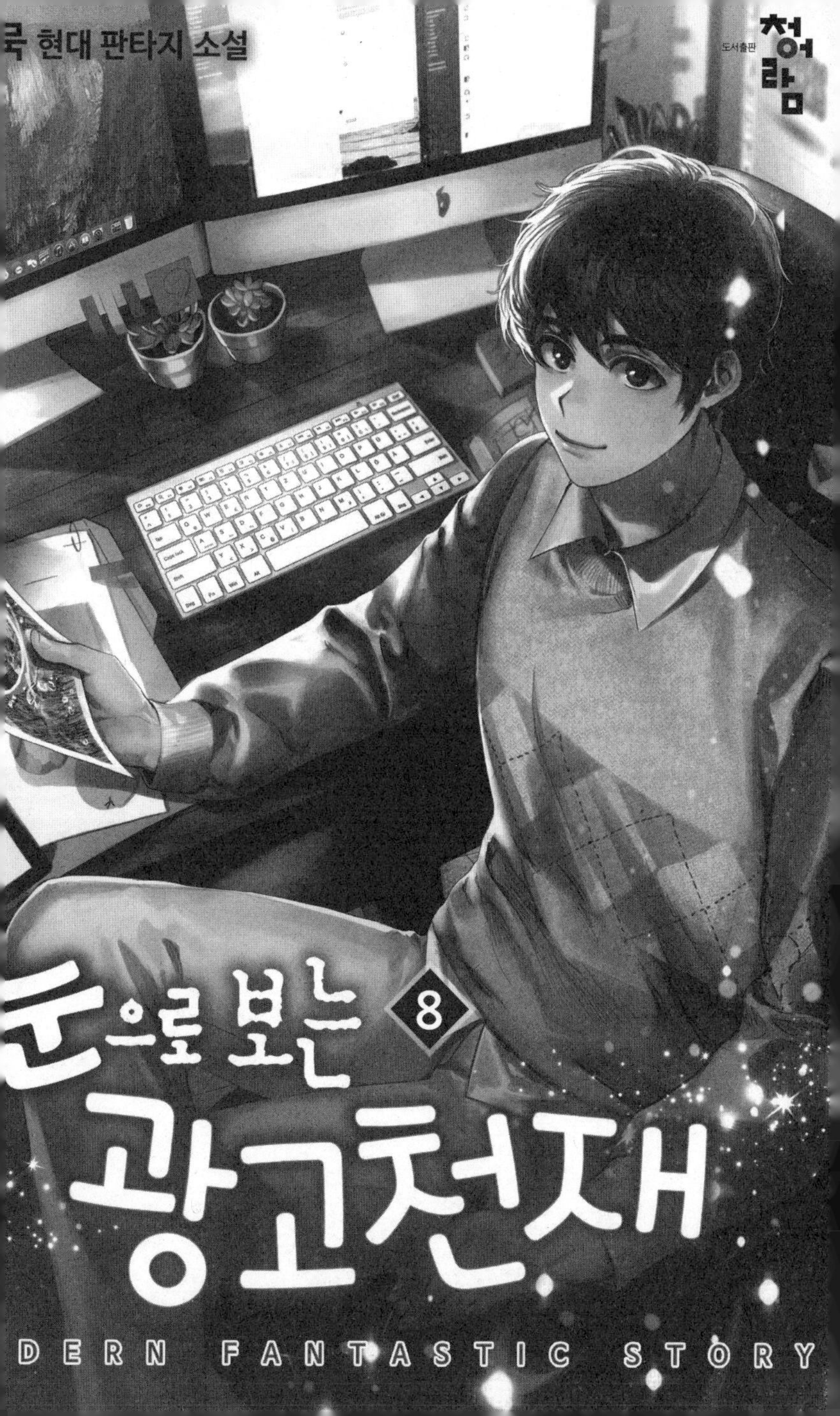
국 현대 판타지 소설
도서출판
청어람
눈으로 보는
8
광고천재
DERN FANTASTIC STORY

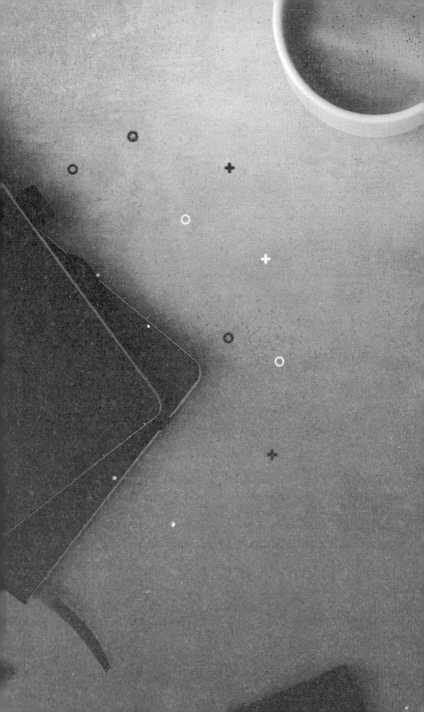

목차

제1장

승기와 *HT* Ⅱ

　혼잣말을 뱉은 한겸은 곧바로 자신의 생각을 정리하기 시작
했고, 팀원들은 그런 한겸을 방해하지 않기 위해 입을 다물었다.
그럼에도 범찬은 끊임없이 승기를 향해 입을 벙긋거렸다.

　"뭐. 냐. 고!"

　승기는 웃음으로 대답을 피했다. 그러고는 범찬의 시선을 피
해 움직이는 한겸의 손을 쳐다봤다. 잠시 뒤 한겸의 손이 멈췄
다. 그리고 곧바로 휴대폰을 꺼내더니 어디론가 전화를 걸었다.

　"C AD 김 한겸입니다. 다름이 아니라 자료가 필요해서요. 플
리 마켓 후원품을 구매한 사람들이 어떤 걸 구매했는지 리스트

를 얻을 수 있을까요? 네, 감사합니다."

통화를 마친 한겸은 팀원들과 승기를 보며 씨익 웃더니 이내 살짝 인상을 찡그렸다. 그러다 생각을 털어내려는 듯 고개를 휘저은 뒤 입을 열었다.

"염귀한… 후, 아무튼 염귀한으로 하자."
"뭐? 이 더러운 세상! 주인공이 다 해 처먹는 거냐?"
"염귀한이 가장 적당해. 염귀한으로 하면 캐릭터 설정도 그대로 가져갈 수 있어. 그리고 HT에서 원하는, 기존에 구매했던 사람들까지 해결할 수 있을 거 같아. 선물을 줄 명분을 만들 수 있어."
"뭘 어떻게?"

다들 궁금한 표정으로 한겸을 쳐다봤고, 한겸은 메모지를 보여주며 설명했다.

"염귀한이 잘하는 게 조합이잖아. 의견도 어울리는 것을 캐치해 조합하고, 기술도 어울리는 걸 조합해서 사용하고."
"그래서 뭘 조합하려고?"
"어. 기존 구매자들이 샀던 품목과 어울리는 제품을 선물로 주는 거지. 아까 범찬이가 말한 것처럼 라면을 사면 김치를 준다든가. 만약 커피를 샀으면 머그잔을 준다든가. 그러면서 어울리는 물건을 빼놓고 갔다고 말하면서 주는 거야."

"그래서 HT에 전화한 거야?"

"응, 메시지 왔다."

한겸은 곧바로 노트북을 가져와 HT에서 보내온 메일을 확인했다.

"모두 다 줄 건 아니더라도, 이런 이벤트를 하고 있다는 건 알려줘야 하니까 만 명 단위로 보자. 만 번째 구매한 사람이 Myol*** 이 사람이네. 어?"

"야, 이 사람 치킨 쿠폰 샀네. 뭐 주려고. 무 줄 거냐?"

"약간 당황했어. 후원 품목에 치킨 쿠폰도 팔아? 별걸 다 파네."

"그러니까 사람들이 몰리지."

"괜찮아. 묶을 수 있어. 치킨을 배달시킬 휴대폰! 먹다 남은 치킨을 데울 전자레인지! 아니면 치킨을 편하게 먹을 수 있는 변신 기능이 있는 탁자. 어때, 다 괜찮지?"

"푸하하, 미친 거 아니냐? 겸쓰 너도 지금 네 스스로가 또라이 같은 거 알지? 그런데 재미있을 거 같긴 하다. 막 볼펜 샀는데 키보드 딸려 오면 웃기기는 할 거 같은데?"

"갑자기 볼펜 샀는데 키보드는 뭐야. 너무 나간 거 아니야?"

"볼펜 고장 나서 고치다가 잉크가 키보드로 떨어져서 고장 날 수도 있잖아. 귀에 걸면 귀걸이, 코에 걸면 코걸이. 될 대로 되라 식 아니야? 주인공도 생각지도 못한 거 조합해서 쓰잖아."

한겹이 생각한 건 이 정도까지는 아니었다. 그런데 범찬의 말을 듣고 나니 재미있을 것 같은 느낌이었다. 잘만 된다면 HT 광고에서 숨은 그림을 찾았던 것처럼 소비자들과 함께 즐길 수 있는 기획이 될 것 같았다. 팀원들도 재미있다는 표정으로 웃으며 목록을 살폈다. 그러던 중 수정이 입을 열었다.

"2만 번째는 전기요네. 그럼 뭐가 좋을까? 화장실 타일 시공건? 아까 보니까 인테리어 업체에서 제공한 거 있던데."

다들 의아한 표정으로 수정을 봤다. 그러자 수정이 피식 웃더니 입을 열었다.

"따뜻한 전기요를 깔아서 잠자는 사이 땀을 너무 많이 흘린 거야. 그래서 샤워를 해야 되는데 화장실 바닥이 미끄러워서 다칠 수도 있잖아."
"방수정, 너는 진짜 또라이 같다. 겸쓰나 나는 웃자고 한 거 같은데 넌 진심 같았어."
"나도 웃자고 한 거거든?"

옆에 있던 종훈도 지고 싶지 않았는지 곧바로 입을 열었다.

"삼만 번째는 휴지야. 그럼 모니터?"
"아나! 종훈이 형은 애도 있는데 뭔 그런 소리를 해요! 모니터로 뭘 보려고!"

"오해야! 휴지로 모니터 닦으면 막 먼지 같은 거 붙잖아. 그런데 그거 떼려고 더 세게 닦다가 모니터가 나간 거야."

"아, 이건 좀 갑자기 지어낸 거 같은데."

가만히 듣고 있던 승기는 고개를 숙이고 웃었고, 한겸 역시 재미있다는 듯 웃었다. 확실히 엉뚱한 걸 줄수록 재미있을 것 같았다. 그때, 종훈을 놀리고 있던 범찬이 갑자기 고개를 갸웃거렸다.

"재미는 있을 거 같은데 지금 한국에서 차별이라고 나온 얘기가 선물 때문이 아니잖아. 재진 형님이 직접 찾아가서 노래까지 불러주니까 차별이라고 하는 거잖아."

"그렇지. 한국도 직접 찾아가야지."

"야, 이거 찾아가려면 난리도 아니야. 대만도 15명이나 찾아갔는데 한국은 거의 100명은 찾아가야 돼. 그리고 만화인데 캐릭터는 어떻게 하려고."

한겸은 이미 다 생각을 했다는 듯 범찬을 향해 메모지를 펄럭였다.

"그래서 염귀한으로 한 거야. HT에서는 소비자들의 불만을 빠르게 진화시키길 원하잖아."

"그렇지. 그런데 한 명씩 찾아가려면 몇 달은 걸리겠네."

"한 번에 가도 돼. 염귀한이 지금 백 번째 삶이잖아. 만화에서 수시로 과거를 회상하면서 과거 염귀한이었던 사람들이 나오니까, 그 사람들로 보내도 돼. 누가 가든 염귀한이거든."

"오! 대박이네. 그냥 만화랑 비슷하게 분장만 하면 되겠네!"

"그렇지. 지금 HT 문제를 해결하기에 가장 적절한 캐릭터 같아."

"그러네! HT도 분마가 아닌 새로운 캐릭터를 원했으니까 딱 적절하겠네. 진짜 승기 웹툰 데뷔하는 거 아니야? 그것도 초슈퍼 작가로? HT북스가 좀 작은 플랫폼이기는 해도, 대놓고 밀어주면 오히려 대형 플랫폼보다 좋은 거 아니야?"

범찬은 한겸의 메모지를 뺏더니 뒷면을 돌려 승기에게 내밀었다.

"TV에 나오기 전에 사인 좀 해줘. 나중에 비싸게 팔아먹게."

"무슨 사인을……."

"TV 보면 웹툰 작가들 많이 나오고 그러잖아. 혹시 알아? HT에서 막 영화로 제작하고 그럴 수도 있잖아. 이야, 승기가 나보다 아파트 빨리 사는 거 아니야?"

한겸은 어이가 없다는 듯 범찬을 보며 혀를 찼다. 그러고는 범찬을 옆으로 밀어내며 승기를 봤다.

"아직 확정은 안 됐지만, 가능성은 있다고 보거든. 어때?"

"저는 형들이 해주시는 거면 좋죠. 만약에 안 되더라도, 이렇게 신경 써주시는 것만으로도 감사해요."

"그럼 내일 HT하고 얘기해 보고 연락할게. 오늘은 지금 생각 난 거 다듬어야 할 거 같으니까 나랑은 내일 밥 먹자. 오늘은 다른 형들하고 밥 먹어."

"네, 감사해요!"

"범찬이하고 종훈이 형이 승기 밥 좀 사주세요. 수정이는 나랑 남아서 자료 찾으면서 기획서 좀 만들자."

말을 끝낸 한겸은 기획안을 작성할 생각으로 서둘러 승기를 내보냈다. 그러고는 곧바로 수정과 일을 시작했다. 그때, 수정이 피식거리며 한겸을 봤다.

"왜?"

"아니야."

"갑자기 웃으니까 그러지. 내 얼굴에 뭐 묻었어?"

"아닙니다! 한귀염 씨!"

"어……? 어떻게 알았어……?"

"계속 이름에 동그라미 치는데 어떻게 몰라. 네가 자꾸 이름에 동그라미 안 쳤으면 나도 몰랐을걸? 나보다 최범찬한테 안 걸리게 잘해. 걸리는 순간 귀에 딱지 앉을 때까지 들어야 될 테니까."

"아! 괜히 같이 보냈네."

한겸은 못마땅한 듯 인상을 찡그렸고, 수정은 그런 한겸의 표정을 보며 재미있다는 듯 웃었다. 한겸은 생각을 떨쳐내려는지 고개를 저었다.

"뭐, 또 며칠 놀리다 말겠지. 그보다 이것들 좀 같이 찾자. 배송을 하는 사람들은 연기를 조금 해야 하니까, 배우들이 해야 되겠지? 그리고 아무래도 메이크업만 하는 게 편하겠지?"

"그렇겠지? 괜히 탈 같은 거 만들면 제작비가 더 들게 되니까. 그런데 이걸 우리가 진행할 거야?"

"승기 일이니까 그게 맞는 거 같아."

"나도 같은 생각이기는 한데 지금도 바쁘니까 걱정은 되네. 네가 이 아이디어만 넘길 생각은 아닐 거 아니야."

"응, 우리가 다 관리를 해야지. 일단 HT에서 예산을 얼마나 잡을지 모르겠는데 그건 크게 문제 되지 않을 거 같아. 제작비는 그렇게 많이 들지 않을 것 같거든."

"영상으로도 찍으려고?"

"찍어야지. 그래서 사람들이 볼 수 있도록 HTV에도 올리는 거야. 예전에 광고 영상 올렸듯이. 그와 동시에 HT북스에는 창조자 N 파괴자를 연재하는 거고."

"그럼 앞에 말했던 거는 지금 이걸 하기 위한 구상이었던 거네?"

한겸은 웃으며 고개를 끄덕거렸다. 수정은 기가 막히다는 듯 한겸을 보더니 이내 걱정스러운 표정을 지었다.

"그런데 영상을 찍으려면 네가 볼 거잖아. 괜찮겠어? 우리 지금 대만 분트 촬영 준비도 해야 되는데."

"생각을 해봤는데 이건 내가 제작하는 곳마다 찾아갈 수도 없을 것 같고, 그렇게까지 하지 않아도 될 거 같아. 그저 영상이 생생하고 웃기게만, 있는 그대로 담으면 될 것 같아."

"괜찮겠어?"

"플리 마켓에 올라오는 캐릭터만 확인하면 될 거야. 나머지는 주 캐릭터가 아니라 단편적으로 나오는 인물들이라서 캐릭터에 비중을 두기보다는 아까 말한 대로 선물받는 사람이 즐기는 모습만 담으면 되고."

"선물은 뭘 주고 또 어떻게 전달해?"

"선물은 후원 목록에 있는 것 중에 골라야지. 그래야지 HT에서도 부담이 안 되고, 후원해 주는 기업도 짧게나마 홍보가 되고 그러니까."

"그럼 영상은? 영상 찍으려면 동의도 받아야 되고 배송도 문제야."

"그 문제를 가장 우선적으로 해결해야 돼. 내 생각에는 이벤트니까 팝업 형식으로 안내를 하는 게 맞을 거 같아. 염귀한 캐릭터가 이벤트에 대해서 알리고 당첨자를 알려주는 거지."

"본인이 직접 수령하는 거로?"

"어. 사실 그게 가장 문제야. 그런데 몇 건만 해결되면 다들 즐기면서 받을 거야. 정 안 되는 사람은 영상을 못 찍는 거고."

이게 한겹이 HT의 캐릭터를 염귀한으로 결정한 가장 큰 이유였다. 염귀한 자체를 완벽하게 만들어놓는다면 나머지는 부수적인 캐릭터였기에 크게 걱정되지 않았다. 물론 모든 영상을 완벽하게 만들고 싶다는 생각은 있었다. 하지만 현실적으로 불가능했다. 그나마 지금 생각한 것이 최선의 방법이라고 판단했다. 한겸은 미소를 지은 채 수정을 봤다.

"이 기획, 채택되면 이번 일은 너희가 맡는 게 어때?"
"우리? 너 빼지고 나, 종훈 오빠, 최범찬 셋이?"
"응, 나는 대만 분트를 맡고 너희가 HT 기획을 맡는 게 좋을 거 같아."
"갑자기 왜? 우리야 그렇다 쳐도 너 혼자 하려면 힘들지 않아?"
"대만 분트 기획은 다 짜놨잖아. 촬영이 문제지. 그리고 아까 플리 마켓 물건 보고 스토리 짜는 거 보니까 나보다 세 사람이 더 나은 거 같더라고. 말도 안 되게 짜야지 사람들이 더 좋아할 거 같거든. 물론 원래 캐릭터는 나도 같이 볼게."

수정은 쉽게 대답하지 못했다. 한겸도 바로 대답을 기대한 건 아니었기에 시간을 줄 생각이었다. 하지만 지금 일은 반드시 팀을 나눠 해야 했다. 그때, 수정이 한겸을 보며 입을 열었다.

"김한겸, 혹시 우리한테 경력 만들어주려고 그러는 거야? 새로운 사람들 오면 밀릴까 봐?"
"그런 거 아닌데?"

"아니야? 혹시 그런 거라면 걱정하지 말라고. 절대 안 밀릴 자신 있어."

"그럴 땐 이길 자신 있다고 해야 되는 거 아니야?"

"아무튼. 자신 있다고. 그런 거 아니라면 뭐, 한번 해볼게. 종훈 오빠랑 범찬이한테는 내가 말하고."

한겸은 웃으며 고개를 끄덕거렸다. 세 사람이 발전을 해야 각자 일을 맡을 수 있게 될 것이었다. 그래야지 제작 기간에 여유가 있는 광고를 맡았을 때, 그 광고에만 집중하며 제작할 수 있을 것 같았다. 모든 부분에서 색이 보이는 광고를 제작할 계획이니, 그 준비를 위해 팀원들의 실력이 발전해야 했다.

*　　　　　*　　　　　*

텅 빈 사무실에 혼자 남아 있던 한겸은 약간은 초조한 표정으로 서성거리고 있었다.

"나도 갈 걸 그랬네."

오전에 출발한 팀원들이 퇴근 시간이 다 되어가도록 연락이 없었다. 많이 준비를 해 간 만큼 오래 걸릴 것을 알고 있었는데도 팀원들이 걱정되었다. 그때, 우범이 사무실로 들어왔다.

"왜 그렇게 돌아다니고 있어."

"연락 왔어요?"

"그래, 대만 현지 캐셔분들 20명과 계약하기로 했다. 시급 외로 수당을 줘서 그런지 서로 하고 싶어 했다고 하더군. 그리고 다음 주부터 사전 안내를 시작하게 될 거다."

한겸이 지금 당장 기다리던 대답은 아니었지만, 이 대답 역시 필요한 대답이었다.

"그런데 2주 촬영이면 너무 길지 않을까 하는데."

"최대한 많이 담아야 해서요. 그것도 부족할 수 있어요."

"그래. 제작진하고도 출발 전에 미팅할 테니 준비 잘하고."

"대표님, 그 혹시 임 프로님한테 연락 왔어요?"

"그 얘기가 궁금했던 거군. 연락 왔다. 지금 각각 부서에 설명을 하고 있다더군."

"네?"

"한 가지 일만 있는 게 아니니까 당연한 거다. HT북스 쪽에서도 급하게 본사로 사람들 보내서, 그 자리에서 평가를 했다고 하더군."

"왜 연락을 안 해줬지."

"지금 셋이 흩어져서 설명하고 있을 거다. 아까만 하더라도 경영총괄 팀, 마케팅, 고객관리 팀까지 나눠서 설명했다."

"그래서, 평가는 어떻다고 그래요?"

"긍정적인 반응을 보였다고 했다. 어느 정도의 재미만 있으면 플랫폼에서 밀어주는 이상 실패할 수 없다고 하더군. 그런데 스토리까지 흥미로우니까 HT북스 쪽에서도 긍정적으로 보는 듯하다고 말했다."

한겸은 그제야 안도의 한숨을 뱉었다. 가장 중요한 심사가 사실 HT북스였다. 자신들은 재미있게 봤지만, 전문가들의 입장에서는 또 다를 수 있었다. 만약 재미가 없다거나 웹툰에서 사업성이 없다고 판단하면 시작도 하지 못하고 접어야 될 기획이었다.

"임 프로의 말로는 일단 그림이 너무 좋아서 그림으로 먹고 들어갔다고 하더군. 보자마자 반응을 보였다고 했다."
"휴, 진짜 잘됐네요. 그럼 나머지는 문제없겠죠?"
"그럴 거다. 준비를 다 잘해 갔으니까."
"그런데 그렇게 많은 촬영 팀들은 어떻게 섭외하셨어요? 그냥 확정도 아닌데, 같이한다고 그래요?"
"그래. 우리가 C AD니까. 다만 메이크업아티스트들은 직원들이 고생 좀 했다."
"진짜 고생하셨어요."

한겸이 준비한 기획이 가능하다는 걸 보여주기 위해 하룻밤 사이에 최소한의 준비를 했다. 촬영 팀들은 물론이고 단역배우들이 소속된 플랫폼이며 메이크업아티스트들까지. 완벽한 준비는 아니었지만, 제작이 가능하다는 것은 보여줄 수 있을 것이다.

그때, 한겸과 우범의 휴대폰이 동시에 울렸다. 두 사람은 서로를 보며 피식 웃더니 곧바로 전화를 받았다.

"어! 수정아! 어떻게 됐어?"
―잘될 듯해. 엄청 재미있어하던데.
"어느 부분에서?"
―웹툰보다는 오히려 기획을 재미있어했어. 웹툰과 상관없이 봐도 괜찮다고 하더라고. 이용자들과 같이 노는 것처럼 진행될 것 같다고 좋아했어.
"혹시 캐릭터 변경을 하라는 건 아니지?"
―응, 우리가 그 부분 계속 강조했어. HT도 대단하긴 하더라.
"왜?"
―우리 거 보더니 뒷일 생각하더라고. 나중에 다른 웹툰들로 캐릭터 만들어서 같이 콜라보 하는 것도 좋을 것 같다고 그러더라. 어벤저스처럼.
"재미있겠네."
―아무튼 우리가 맡을 거 같긴 해. 일단 들어가서 자세히 얘기할게.
"범찬이랑 종훈이 형은?"
―들어가서 얘기한다고. 어차피 볼 건데 왜 계속 전화로 물어봐.

수정답게 까칠한 대답에 한겸은 민망한 웃음을 지으며 통화를 마치고는 우범을 봤다. 표정만 봐도 무척이나 만족해하는 모습이었다. 한겸은 그런 우범을 보며 조심스럽게 입을 열었다.

"대표님."

"응. 아직 확정은 안 됐지만, 곧 답을 준다고 했다더군. 수고했다."

"네, 고생하셨어요. 그보다 승기 문제인데요."

"안 그래도 그 문제 때문에 백승기 씨한테 연락을 했다."

"벌써요?"

"그래야 일이 진행이 되니까. 백승기 씨 법정대리인이 외가 쪽이더군. 그래서 같이 만나기로 했다."

"부탁드리려던 게 그거였는데."

"후후, 우리는 덕분에 계약을 따 올 수 있게 됐는데 신경을 써야지. 이미 사업자로 등록하고 활동하고 있어서 업종 추가만 하면 큰 문제는 없다. 그리고 계약에 필요한 것들은 우리 쪽에서 도와줄 예정이다. 참고로 우리가 수수료를 뗀다거나 그런 건 없으니까 걱정하지 말고."

"알죠. 그런 걱정은 안 했어요."

"후후. 그럼 그 부분에 대해서는 걱정하지 말고. 그보다 너희가 걱정이다."

"애들 잘할 거예요."

"그건 안다. 어제 기획안 보고 직원들이 상상도 못 했던 거라면서 배를 잡고 웃더군. 특히 4만 번째 파우스트 신발 산 사람한테 저주파 안마 기기 준다는 부분은 제정신으로 나올 수 없다고 그러더군."

"아… 그거 수정이가 생각한 건데. 도대체 무슨 생각을 해야지 그런 게 나오는지."

우범은 재미있다는 표정으로 한겸을 봤다.

"그래서 우리 기획 팀이 하는 일은 걱정이 되지 않는다. 내가 걱정인 건, 내일부터 응시 서류가 도착할 예정이다. 이메일로만 지원을 받아서 얼마나 많은 양이 도착할지 예상할 순 없다."

"아, 벌써 그렇게 진행됐어요?"

"그래, 작년 동양기획에서 AE 모집할 때 경쟁률이 103 : 1이라고 했다. 그런데 우리는 그보다 많겠지?"

아무런 경력을 보고 뽑는 것이 아니다 보니 당연히 많을 것이었다.

"우리도 물론 같이 보겠지만, 양이 많을 것 같아서 걱정이 된다고 한 거다. 지금 너희들이 한가한 게 아니니까. 그래서 우리 홈페이지에 등록된 전문가분들 중 광고계에 종사하셨던 몇 분께 부탁을 드렸다. 그래도 양이 어마어마할 거다."

"어쩔 수 없죠. 꼭 필요한 일이잖아요."

"너무 무리하지 마라. 혹시라도 너 쓰러지면 대표님, 아니, 아버님이 찾아올 테니까. 그런 일 없도록 해라."

한겸은 웃으며 고개를 끄덕거렸다.

　　　　　*　　　　　*　　　　　*

　다음 날, HT에서 기획에 대한 조율도 없이 C AD에 맡기겠다는 대답을 들고 찾아왔다. 그들이 그렇게 결정하게 된 이유 중 가장 큰 것은 예산이었다. 광고를 하는 게 아니라, 촬영 영상을 전부 HT 플랫폼에만 올릴 예정이다 보니 예산의 대부분은 인건비였다. 그래서인지 팀원들은 계약을 했음에도 약간은 실망한 표정이었다.

　"7억이면 너무 적지 않아?"

　"적당하지. 우리 대행료 10% 떼고 나머지 들어가는 건 대부분 인건비잖아."

　"모델료도 한 명당 200만 원씩이야. 그것만 2억이야! 진짜 남는 거 하나 없이 딱 쓰겠네."

　"남겨서 뭐 하려고. 어차피 우리 돈도 아닌데."

　"그냥 모자랄까 봐 그렇지. 예산에 쪼들려서 하다 보면 위축될 수도 있잖아! 계속 걱정할 수도 있고."

　"그건 사무실에서 조율하잖아. 그리고 잘 진행하면 하기 싫다고 해도 HT에서 추가 편성 할걸?"

　한겸은 피식 웃고는 팀원들을 살폈다. 투덜거리는 범찬과 달리 수정은 혼자 실실 웃으면서 세부 계획을 짜고 있었다.

　"무슨 내용인데 그렇게 재미있게 해."

"그냥 스토리 짜는 거지."

"또 저주파 안마 기기 같은 거야?"

"비슷하지. 내 생각에도 저주파 안마기는 잘 짠 거 같아."

"보통 운동화를 벗고 들어가지 않을까?"

"아니지. 운동화 끈을 꽉 매면 벗기 귀찮잖아. 그런데 휴대폰은 놓고 왔어! 그럼 어떻게 해? 거실이 안 더럽혀지게 발 측면으로만 걸어야지. 그러다가 발이 살짝 삐끗할 수도 있고. 그때 사용하는 거지."

"그러니까 넌 그렇게 해? 보통 벗고 들어가서 가져오지 않을까?"

"발 옆으로 꺾어서 걷는 거 한 번씩은 해봤을 텐데?"

한겸으로서는 도저히 이해가 되지 않는 것들이었지만, 직원들은 다들 재미있어했다. 그러다 보니 한겸은 이해하려고 애쓰면서도 한편으로는 세 사람에게 맡기길 잘했다는 생각이 들었다.

"그래서 언제부터 시작해?"

"오늘 승기가 당첨자 알리는 팝업 이미지 그려서 보낸다고 했거든. 그건 네가 봐야 할 거 아니야."

"그렇지."

"그거 통과되면 곧바로 시작할 거야. 플리 마켓에 들어갈 캐릭터는 촬영하면서 병행할 거고. 야, 너, 네 일이나 해. 우리한테 맡긴다고 하고서 왜 자꾸 옆에 붙어서 그래."

한겸은 머쓱하게 웃었다. 안 그래도 지금까지 C AD에 지원한 사람들이 보낸 서류를 보고 있던 중이었다.

"왜, 다 이상해?"

"그런 건 아닌데. 그냥 글로만 보내서 딱히 눈에 들어오는 건 없네."

"그 사람들도 열심히 작성해서 보냈을 거니까 너도 열심히 봐. 우리도 열심히 할 테니까 걱정하지 말고."

"알았어. 고생해."

같은 사무실 안에서 다른 일을 하게 된 적이 처음은 아니었다. 예전에 라디오 광고를 할 때도 그랬지만, 이렇게까지 일이 나뉜 적은 처음이었다. 한겸은 이 상황이 약간 어색한지 멋쩍은 표정으로 자리에 앉았다. 그러고는 또다시 지원자들의 서류를 살피기 시작했다.

마치 논문을 쓴 것처럼 몇 페이지에 달하는 내용도 있었다. 그동안 C AD에서 내보낸 광고에 대한 분석은 물론이고, 앞으로 나아가야 할 방향까지 제시했다.

게다가 C AD로 광고를 하려는지, 광고 콘티까지 작성해서 보낸 사람들도 있었다. 그중 가장 마음에 들지 않는 사람은, 이력서가 필요 없다고 했는데도 자신의 경력을 적은 이력서까지 보낸 사람들이었다. 자신이 참여했던 광고를 적어두는 것이 도움이 될 수도 있겠지만, 기껏 찾아봤는데 빨갛게 보이는 광고를 자신 있게 적은 사람도 허다했다.

다른 사람들은 어떤 반응을 보일지 모르겠지만, 한겸이 보기에는 전부 부질없는 내용처럼 느껴졌다. 한겸이 원하는 것은 자신의 자랑이나 아부가 아니었다. 광고면 광고답게, 임팩트 있게 C AD를 표현해 줬으면 하는 바람이었다. 그래도 수정이 말했던 것처럼 지원자들이 어떤 마음에서 지원했을지 알고 있었기에 전부 읽는 중이었다.

한참 뒤, 한겸이 서류를 확인하고 있을 때 수정이 갑자기 한겸을 불렀다.

"김한겸, 메일 확인해 줘. 승기가 디자인 보냈대."

"어! 알았어!"

"너 이상해. 왜 그렇게 기뻐해?"

"아니야."

"미리 말해두는데 시간 없으니까 수정 많이 못 하는 거 알아 둬. 지금도 사람들 불만 계속 커지는 거 알지?"

한겸은 웃으며 고개를 끄덕거렸다. 그러고는 곧바로 메일을 열어 승기가 보낸 파일을 열었다. 염귀한이 한 손으로 책을 펼쳐 앞으로 내밀고 있는 디자인이었다. 아마 책 부분에 당첨자를 적을 것처럼 보였다. 다만, 조금 수정이 필요할 거라고 생각했는데 이미 염귀한이 노랗게 보이고 있었다.

"어?"

"왜? 이상해?"

"아니, 잠깐만. 그냥 디자인만 있고 카피는 없네."

"그거 카피 있어. 포스터 제작 팀에서 '바로 이거야' 대사 넣을 거야. 넌 디자인만 봐."

한겸은 수정의 말에도 작업 프로그램을 불러와 승기의 그림을 띄웠다. 그러고는 직접 카피를 적기 시작했다. 한참이나 변경을 해가며 카피를 적던 한겸이 입을 열었다.

"이대로 하면 되겠네."

"진짜? 뭐 이렇게 대충 하는 거 같아. 우리한테 맡기더니 대충 하는 거야?"

"그건 아니고. 승기가 잘해서 보냈는데? 승기를 기획 팀으로 데려오고 싶어지네."

승기가 보낸 디자인을 보자 욕심이 생겼지만, 이미 승기는 만화가라는 꿈이 확고했다. 한겸은 아쉽다는 표정을 지었다. 자신이 할 일이 이렇게 금방 끝나 버릴 줄은 예상하지 못했다.

*   *   *

며칠 뒤. 한겸은 기획 팀 사무실이 아닌 1층 사무실에 자리했다. 팀원들이 전부 배송 현장에 가버렸기에 사무실이 텅 비어 있는 게 어색하기도 했고, 지원자들의 서류가 마감되어 그것도 확인해야 했다. 게다가 이번 지원자들 심사를 도와준 사람 중에 인사를 해야 할 사람이 있었다.

"교수님, 이렇게 도와주셔서 감사해요."

"다 돈 받고 하는 일인데 그렇게 고마워하지 않아도 돼. 그보다 제자가 이렇게 성공하니까 이것도 나름대로 뿌듯하네. 다른 세미나에서도 C AD 창업자들이 내 제자라고 그러면 다들 우러러보더라고, 하하."

"감사해요."

"내가 지금까지 가르치는 보람을 몰랐는데 너희들 보면서 조금은 알 것 같더라. 지원자도 엄청나더라. 내가 심사해서 뽑은 건 일단 30명이야."

한겸은 김 교수의 칭찬에 웃으며 지원 서류를 봤다. 며칠 내내 보고 있던 것들이었다.

"마음에 안 들어?"

"마음에 안 든다기보다는 신기해서요. 어떻게 이렇게까지 틀에 박혀 있을까 신기하네요."

"그게 다 우리나라 취업난 때문에 그러지. 자기 자신을 내보여야지 뽑힐 확률이 올라가니까 그건 당연한 거야. 다만 그걸 함축시킬 수 있느냐 없느냐 문제겠지."

"휴, 전 운이 좋았나 봐요. 이력서 같은 걸 안 내도 되니까요."

김 교수가 선별한 서류도 다른 지원자들에 비해 그나마 나을 뿐 크게 마음에 드는 건 없었다. 물론 부족하다는 건 아니었다. 다만 마음을 이끌리게 만들거나 한눈에 들어오는 내용이 없었다. 한겸은 광고 회사면 광고 회사답게 어필을 잘하는 사람을 원했다.

한겸은 지원 서류 중 그나마 나은 것들을 따로 추렸다. 그래야지 우범이 면접을 보고 회사에 맞는 사람을 채용할 것이었다. 그 뒤로도 김 교수와 다른 전문가들의 도움을 받아 괜찮은 내용의 지원서를 따로 정리했다.

"후, 다른 애들도 좀 보고 가려고 했는데 아쉽지만 오늘은 못 보겠네."

"지금 좀 바빠서요."

"바쁜 게 좋은 거지. 아무튼 만나서 반가웠어. 내가 도울 수 있는 건 도와줄 테니까 언제든지 연락해."

시간이 늦어졌기에 김 교수는 나갈 준비를 하며 인사를 했다. 그러자 우범이 한겸을 보며 조용하게 말했다.

"내가 식사 대접을 할 테니까 넌 마무리해라."

"제가 안 가도 괜찮을까요?"

"괜찮다. 할 일 많은데 이런 일까지 신경 쓰지 마라."

우범은 곧바로 심사를 도와준 사람들과 함께 회사를 나섰고, 한겸은 그제야 의자에 등을 기댔다. 그러자 임 프로가 웃으며 한겸의 앞에 앉았다.

"힘드시죠?"
"예전에 포스터 제작 팀 뽑을 때보다 더 힘드네요."

포스터 제작 팀을 뽑을 당시에는 눈으로 보고 확인을 하면 됐지만, 이번에는 그렇지가 않았다. 그러다 보니 힘든 건 사실이었다.

"안 힘들려고 힘든 거니까 힘내세요."
"어? 라임이에요?"
"푸하하, 아까부터 힘들어하시는 거 같아서 나름대로 생각해봤죠."
"임 프로님은 퇴근 안 하세요?"
"아직 멀었죠. 대만 갈 제작 팀하고 스케줄 조율하고 그래야 해서요."

그때, 사무실에 남아 있던 직원 한 명이 한겸을 보며 말했다.

"김 프로님, 임 프로 좀 잘 봐주세요."
"네? 제가 잘 봐달라고 해야죠."
"그런 게 아니라 임 프로도 기획 팀에 지원했거든요."

한겸은 자세를 고쳐 앉으며 임 프로를 봤다. 사무실 직원이 기획 팀에 지원을 한 것이 신기했다. 하지만 자신이 본 서류 중에서 임 프로의 이름을 본 기억이 없었다. 추린 서류들 중에도 임상우라는 이름은 없었다. 그때, 임 프로가 당황하는 표정으로 입을 열었다.

"아닙니다! 박 프로님은 그런 말씀을 뭐 하러 하세요."
"하하, 임 프로가 계속 내볼까, 내볼까 그러고 다녔잖아요."
"그냥 해본 소리죠. 지원도 안 했습니다."
"점심시간에 쉬지도 않고 서류 작성하더니 왜 안 냈어요."
"그냥 한번 해본 거죠. 쉿! 그만!"

한겸은 당황해하며 과장된 몸짓을 하는 임 프로를 보며 웃었다.

"그런데 기획 팀에 지원하면 대표님이 뭐라고 안 하세요?"

임 프로는 민망한지 목덜미를 쓰다듬으며 말했다.

"대표님이 인성은 확인했으니까 걱정 없을 거 같다고, 지원할 사람은 지원하라고 하셨거든요. 사무실 일은 배우면 되는데 기획은 아무나 하는 게 아니라고 그러시긴 했지만, 지원하고 싶은 사람은 해보라고 하셨어요."
"사무실 일도 얼마나 힘든데요."
"그렇긴 하죠. 그래도 그건 배우면 되니까요."

"그런데 왜 안 내셨어요? 혹시 있으면 지금 저 주세요. 제가 볼게요."

"아닙니다! 민망하게!"

당황한 임 프로의 표정을 보자 한겸은 더 보고 싶어졌다.

"괜찮아요. 지금 보낸 사람들도 다 비슷비슷한데요, 뭐."

"그게 아니라, 어휴… 저도 지원을 해보려고 했거든요. 처음에는 C AD에서 근무를 하고 있으니까 누구보다 잘할 수 있다고 생각했는데 그걸 표현하는 게 어렵더라고요. 다른 사람들이 보낸 거 보면 막 내용들이 엄청난데, 전 그게 안 되더라고요."

"딱히 엄청난 건 없었어요. 있으면 한번 보여주세요. 안 되면 마는 거죠. 원래 일단 부딪혀 봐야지 결과가 나오잖아요."

"아… 김 프로님답네요."

"빨리 보여주세요! 저도 다시 올라가서 일하게요."

임 프로는 머리를 긁적거리더니 자기 자리로 갔다. 그러고는 모니터를 한 번 보고 한겸을 한 번 보더니 이내 결정했다는 듯 기합 소리를 냈다. 그러자 사무실에 있던 프린터가 무언가를 인쇄했고, 임 프로는 그것을 들고 한겸에게 향했다.

"제가 그래픽은 잘 못 만져서 포스터 제작 팀 고 프로님한테 밥 사주면서 부탁했거든요. 기획 팀분들 보면 전부 그래픽도 잘 만지시니까 조금 내기가 꺼려지더라고요. 참고로 저 진짜 기대는 안 하니까 편하게 보세요!"

임 프로는 종이를 한겸에게 내밀었고, 한겸은 웃으며 종이를 봤다. 그런데 한겸의 미소가 사라지며 점점 진지한 표정으로 변했다. 그러자 사무실에 남아 있던 직원들도 흥미진진하게 한겸을 지켜봤다. 그때, 한겸이 고개를 들어 임 프로를 쳐다봤다.

"와⋯⋯."
"이상하죠. 아, 참. 뭐 딱히 쓸 말이 없더라고요. 남들 몇 페이지씩 내는데 전 한 줄도 안 돼서 안 냈죠. 괜찮습니다. 지금도 진짜 너무 재밌게 일하고 있는데요."
"와⋯⋯."
"왜 그러세요."

한겸은 종이를 다시 한번 보고선 입을 열었다.

"진짜 좋은데요? 이거 제가 가장 원하는 소개예요."
"네?"

한겸이 종이를 보며 감격까지 한 표정을 짓고 있자 숨죽인 채지켜보던 사무실 직원들이 임 프로에게 질문했다.

"뭐라고 적으셨는데요?"
"저번에 보니까 엄청 짧은 거 같았는데."

사무실 직원들의 질문에 한겸은 직원들이 볼 수 있도록 종이를 돌렸다.

"재밌겠다! 같이 놀자! 이게 끝이에요?"
"진짜 좋지 않아요? 우리 다들 즐겁게 일하고 있잖아요."
"일이 많아서 힘들긴 해도 월급도 잘 나오고 자유롭기도 하고 재밌긴 하죠."
"보면 볼수록 좋은 거 같은데요. 회사 내 분위기도 나타내는 거 같고. 광고주들에게 같이 놀자고 손짓하는 거 같기도 하고."

임 프로가 준비한 서류에는 딸랑 임상우라는 이름 하나와 문구 하나가 적혀 있었다. 하지만 그게 지금까지 봤던 그 어떤 지원 서류보다 가장 크게 다가왔다.

"이거 설명 좀 해주세요."
"설명이라고 하기도 좀 뭐한데. 그냥 기획 팀 보면 항상 즐겁게 일하더라고요. 옆에서 보면 재미있어 보였어요. 그래서 같이 일하면 재미있을 거 같아서 그렇게 적었죠. 그리고 김 프로님이 말씀하신 것처럼 광고주들한테도 하는 말이기도 하고요. 저희가 내놓은 광고들이 소비자들하고 노는 것처럼 진행되는 경우가 많잖아요. 우리 회사하고 같이 놀자는 의미도 있고요."

임 프로의 말이 끝나기 무섭게 한겸은 엄청나게 큰 박수를 보냈다.

"진짜 좋아요! 진짜 우리 회사하고 딱 맞는 거 같아요. 진짜 이 카피 하나로 답답했던 게 싹 풀리네요. 후우."

"……."

"이러고 있을 게 아니지. 잠깐만 여기 계세요. 저 사무실에 좀 올라갔다가 올게요."

한겸은 종이를 들고서 곧바로 기획 팀 사무실로 올라가 버렸다. 남겨진 임 프로는 눈을 깜빡거리며 다른 직원들을 쳐다봤다.

"김 프로님이 장난하는 거 아니지?"

"그런가? 농담할 때도 하도 진지해서. 진짜야, 뭐야."

"임 프로님 진짜 기획 팀 가는 거 아니에요? 와, 부럽다!"

"뭘 부러워요. 우리 회사에서 기획 팀이 가장 힘든데."

"재밌잖아요. 저도 기획 팀분들 보면 재미있어 보이던데."

"그런데 진짜 괜찮은데요? 재밌겠다! 같이 놀자! 지금도 다른 기획 팀분들 소비자들하고 놀러 가셨잖아요."

"그렇긴 하죠. 임 프로님이 새롭게 보이네."

직원들의 대화에도 임 프로는 얼떨떨한 표정이었다. 갑자기 사무실을 나간 한겸을 기다리는 내내 임 프로는 넋이 나간 표정 이었다. 한참이 지났을 때, 흡사 계단이 무너지기라도 하듯 우당 탕거리는 소리가 들렸다. 그 소리와 함께 한겸이 사무실 문을 열었다. 그러고는 종이 한 장을 곧바로 내밀었다.

"우리 홈페이지에도 어울려요. 이거 진짜 엄청 좋아요."

한겸은 사무실로 올라가 기존 홈페이지 화면에 '재밌겠다! 같이 놀자!'를 추가했다. 기존 배경에 신경을 많이 썼기에 이미 색이 보이는 상태였다. 그런 배경에 저 문구를 추가했을 때 변화가 궁금해서 사무실에 올라갔던 것이다. 그리고 결과물은 한겸의 표정만큼 훌륭했다.

"이거 우리 홈페이지에 추가했는데 너무 잘 어울려요! 당첨!"
"네?"
"기획 팀 당첨! 내일부터 기획 팀으로 오세요!"
"어이고, 그걸 제 마음대로 정할 수는 없죠."
"제가 대표님한테 바로 말씀드릴게요."

그때, 사무실 문이 열리며 우범이 들어왔다. 그는 사무실 분위기를 보더니 이상함을 느꼈는지 곧바로 한겸을 봤다.

"왜 아직도 여기 있지?"
"대표님, 임 프로님 기획 팀으로 주세요."
"음?"
"이거 한번 보세요."

우범은 그제야 상황을 이해했다. 그러고는 한겸이 내민 종이를 가만히 쳐다봤다. 한참을 보던 우범은 고개를 끄덕이며 고개를 들고는 임 프로를 봤다.

"임 프로님 생각을 말씀해 보시죠."
"아! 전 지금도 만족합니다!"
"놀고 있습니까?"
"네?"
"지금 여기 사무실에서 놀고 계시는 중이냐고 묻는 겁니다."

　임 프로는 우범이 말한 의도를 파악하고는 어색하게 웃었다. 그래도 선뜻 대답하기가 어려워 입을 다물었다. 그러자 우범이 웃으며 입을 열었다.

"기왕 놀 거면 재밌는 곳에서 노시죠. 지금 당장은 힘들고, 신입 사원들 들어올 때, 그때 같이 옮기는 걸로 하죠. 그때까지 하던 일 인계하시고, 사무실 직원도 충원할 테니 다른 분들은 그때까지만 나눠 합시다."

　한겸은 임 프로를 보며 씨익 웃었다. 역시 우범이 상황을 정리하는 건 최고였다.

"재밌을 거 같죠? 같이 놀아요!"
"어휴, 생각지도 못했던 일이라서 얼떨떨하네요. 그래도 열심히 하겠습니다!"

"열심히 말고 재밌게 해요."

그때, 우범의 휴대폰이 울렸다. 통화 내용을 들어보니 촬영 현장에 나간 직원의 보고인 듯싶었다.

"그래요? 좋아했다고요. 후후, 잘됐군요. 그럼 촬영 팀 편집도 시간이 있으니까 들어오지 마시고 거기서 바로 퇴근하시죠."

우범이 통화를 끝내자 한겸은 기다렸다는 듯이 입을 열었다.

"어디래요?"
"나 프로 팀이란다."
"고객이 만족했대요?"

우범은 임 프로와 한겸을 한 번씩 쳐다보더니 피식 웃었다. 그러고는 툭하니 말을 뱉었다.

"잘 놀았단다. 재밌었다네."

*　　　　*　　　　*

HT 플리 마켓에서 후원품을 4만 번째로 구매한 김경민은 어제 HT에서 연락을 받고 하루 종일 들떠 있었다. 직접 물건을 받

을 거냐고 묻는 말에 두말할 것 없이 그런다고 수락했다. 그것
도 회사로 배송을 해달라고 했고, 회사에는 이미 다 자랑을 한
상태였다.

"김 주임, 좋겠다! 뭐 샀었어?"

"저 홍삼이요. 살 것도 없고 그래서 엄마 드리려고 샀었는데
딱 당첨됐대요. 저도 얼마나 놀랐는데요."

"역시 사람은 좋은 일 해야지 복을 받아. 김 주임 덕분에 우
리 회사로 연예인 오겠네."

"박재진은 아니라고 하더라고요."

"그래도 HT에서 하는 건데 연예인은 오겠지. 촬영까지 한다고
그랬다면서. 그런데 선물은 뭐래?"

"홍삼에 가장 어울리는 거라고만 알려줬어요."

"이야, 홍삼 세트 원 플러스 원으로 또 주고 그러는 거 아니
야?"

"그럼 아빠 드려야죠!"

그때, 사무실 밖 계단에서 비명 소리가 들렸다.

"꺄아아! 뭐예요!"

사무실 안에 있던 사람들이 의아한 표정을 지을 때였다. 사
무실 문이 열리더니 카메라를 들고 있는 사람들이 들어왔다. 그
뒤를 이어 덩치가 산만 한 사람이 나타났다. 아직 날씨가 쌀쌀

한데도 다 해진 반팔 티셔츠를 입고, 얼굴에는 커다란 상처까지 있었다. 그 남자는 사무실을 둘러보며 인상을 찡그렸다. 그러고는 들고 있던 보따리를 땅에 내려놓았다.

그 사람만 봤다면 당장 경찰에 신고했을 텐데, 영상을 찍고 있는 사람들 때문에 머뭇거려졌다. 그때, 험상궂은 얼굴의 남자가 사무실이 떠나갈 듯 소리쳤다.

"김경민! 당신을 만나러 왔소! 시간이 없소! 어디에 있는 거요!"

우렁찬 목소리에 사무실 사람들이 모두 김경민을 봤고, 그녀는 자신도 모르게 손을 번쩍 들었다. 그러자 남자가 성큼성큼 다가왔고, 김경민은 슬금슬금 뒤로 물러났다.

"그대를 만나기 위해 먼 길을 왔소. 이걸 빼놓고 가면 어떡하오!"
"네……?"
"자, 이걸 받으시오."
"이게 뭔데요……?"
"본인이 놓고 간 걸 모르면 어떡하오. 자, 여기 구급함이오."
"이걸 저한테 왜 주시는 건지…….."

남자는 얼굴을 쭈욱 내밀어 김경민을 봤다. 그러고는 고개를 갸웃거리며 말을 했다.

"홍삼 가져가지 않았소?"

"아… 네."

"그럼 그대 것이 맞소."

"네? 이게 당첨 선물인 건가요?"

"선물이 아니라 그대 거요. 그대가 놓고 가지 않았소!"

"제가요……?"

"그대가 홍삼을 가져갈 때 뭐라고 그랬소. 홍삼 먹고 기력을 보충하겠다고! 기력을 보충해서 더 건강해지도록 운동을 한다고 하지 않았소?"

"제가요……? 그렇다고 쳐도 왜 갑자기 구급상자인지……."

"운동하다가 다칠 수도 있다고 미리 챙겨둔 거 아니오."

"아……."

"이제 기억났소? 자, 받으시오!"

김경민은 얼떨결에 구급상자를 받아 들었다. 그러자 험상궂은 얼굴의 남자의 입가에 미소가 지어졌다.

"아쉽지만 나에게 주어진 시간이 다 되어가오. 그럼 부디 건강히 현세의 나를 만나러 오시오."

그 말을 끝으로, 남자를 필두로 카메라를 든 사람들이 우르르 나가 버렸다. 사무실에 남아 있던 김경민은 지금 자신에게 벌어진 일이 아직까지 받아들여지지 않는 표정이었다. 옆에서 지켜보던 직원들은 그나마 괜찮아졌는지 하나둘 입을 열기 시작했다.

"이야, 이 세상 컨셉질이 아니네. 미친놈인 줄 알았네."

"저도요! 처음에 볼 때는 키도 엄청 큰데 몸도 커서 무섭더라고요."

"뭐 나중에 보면 안 무서웠어? 나보다 머리 하나는 더 있던데."

"그 남자 팔뚝 보셨어요? 닭살이 멀리서까지 보이던데. 추운가 보더라고요. 그거 보고 나니까 안 무서웠어요. 그런데 HT에서 온 거 맞죠?"

"홍삼이라고 그랬으니까 맞겠지. 그런데 생뚱맞게 구급함은 뭐야."

"푸흡, 전 웃기던데. 김 주임님, 한번 열어봐요. 김 주임님!"

김경민은 그제야 정신을 차리고는 손에 들린 구급상자를 쳐다봤다. 그러고는 구급상자를 책상 위에 올려놨다.

"뭐 이런 걸 선물로 줬대. 아직도 심장이 벌렁거린다."

"그러게요. HT라고 해서 연예인 올 줄 알았는데. 연예인인데 분장해서 못 알아봤나?"

"나도 처음 보는 사람이더라고."

"에이, 아쉽네. 선물도 이게 뭐야. 안 그래요?"

"공짜로 받은 건데 뭐 어때. 그래도 조금 더 좋은 거면 기뻤을 텐데."

경민은 웃으면서 구급상자를 봤다. 원하던 선물이 아니었기에 약간 실망하기는 했지만, 생각해 보면 하나 샀다고 하나 더 주는 게 말이 안 됐다. 그 생각을 하자 웃음이 나왔다. 연기를 하던 남자도 얼마나 어색했을지 상상이 됐다. 구급상자를 주기 위해 얘기를 끼워 맞추느라고 애를 썼을 것이다.

"생각해 보니까 웃기네. 그 남자, 자기도 얼마나 웃겼을까."
"연기 잘하던데 배우일까요?"
"배우로 나오면 바로 알아볼 거 같아. 나하고 코까지 닿을 뻔했거든."
"어머! 그런데 선배님, HT 영상에 나오는 거 아니에요?"
"아! 영상 촬영했지. 그거 어제 해도 된다고 그랬는데! 좀 예쁜 표정 좀 지을걸!"
"모자이크해 달라고 하면 되죠."
"어제 물어볼 때 괜찮다고 그랬어."
"하긴 선배님은 예쁘시니까! Y튜브 몰카처럼 나오고 그러는 건가?"
"그건 나도 모르지."

김경민은 웃으며 상자를 열었다. 그러자 옆에 있던 직원이 깜짝 놀라며 입을 열었다.

"이게 다 뭐예요? 약국이네, 약국이야. 이거 습윤 폼은 만 원

정도 하는데 그게 몇 개야. 하나, 둘, 셋… 열 개네!"

"진짜? 김 주임, 나 하나만 가져가자! 오! 난 파스도 좀 주라! 소독약도 있고 테이프까지 있네. 이 정도면 진짜 약국 차려도 되겠는데?"

"이거 다 합치면 적어도 50만 원 나오겠는데요?"

"이야, HT는 스케일이 장난 아니네. 컨셉질 하는 줄 알았는데 아니었네."

김경민도 놀란 표정으로 내용물을 살폈다. 커다란 상자에 빈 곳이 보이지 않을 정도로 빼곡하게 차 있었다.

"엄마 운동하라고 해야겠네……."

*　　　*　　　*

TX기획의 김 팀장은 DIO에서 온 연락을 받고 크게 숨을 뱉었다. 기존의 광고를 바꿀 수 없다 보니 홍보 방법을 추가했다. 당연히 최 이사의 입김이 강하게 들어갔고, 그 방법은 HT에서 한 것과 비슷했다. 지금 온 전화도 오늘부터 시작한 홍보가 만족스럽다는 연락이었다.

"아, 자존심 상해."

"최 이사가 또 지랄해요?"

"아니."

"그런데 왜 그러세요?"

"이거 때문에 그러지! 미친 듯이 짜낸 게 이거야. 내 한계가 느껴진다."

"그래도 조금 다르잖아요. 사전 예약 하면서 선물도 주고 콘서트 초대도 받고."

"뭐가 달라. 선물이라고 해봤자 휴대폰 가게 가서 사도 그 정도는 받는다. 그리고 콘서트도 당장 하는 것도 아니고 가수들 다 나오는 건데."

"그래도 규모가 비교가 안 되잖아요. 잠실에서 하는데. 분명히 성공할 거예요."

"그게 더 기분 나빠. 따라 했는데 성공한 것 같은 게 더 기분 나쁘다고. 됐고, 반응은 어때."

"책상 위에 보고서 올려뒀습니다!"

김 팀장은 한숨을 뱉으며 보고서를 봤다. 사전 예약을 한다고 알리는 광고를 내보낸 것에 대한 사람들의 반응이었다. 지금까지 휴대폰 광고가 그랬듯이 발전한 사양을 소개하고, 모델인 가수들의 사진과 함께 사전 예약을 한 고객들을 대상으로 콘서트를 한다는 내용이 담겨 있었다.

"반응은 좋네. 아, 짜증 나. 소비자 타깃을 빠순이로 잡아서 겨우 성공하겠네."

"요즘은 전부 스타마케팅 하는데요."

"내 딸내미가 커서 연예인 쫓아다니면 난 아마 미칠 거야. 얘네도 휴대폰이 좋아서 사는 게 아니라 연예인 때문에 사는 거잖아. 진짜 내 일에 회의감이 든다."

"우리나라는 어쩔 수 없는 거 아시잖아요."

"알지. 영화 포스터도 영화 내용을 알아보게 만드는 것이 아니라 배우들 얼굴만 덕지덕지 담는 게 현실이니까. 이해는 되는데, 나도 C AD가 했던 것처럼 마음대로 만들어보고 싶어. 너희들은 안 그래?"

"그런데 생각해 보면, 걔네는 도대체 어떻게 했길래 광고주를 구워삶았을까요? 보통 광고주 선에서 시험적인 광고라고 생각되면 컷해 버리는데."

"내가 광고주라도 그런 기획안 들고 해볼래? 하면 당장 하지."

김 팀장은 한숨을 뱉고는 입을 열었다.

"그런데 걔네 왜 잠잠하냐? 일 엄청 들어올 텐데."

"C AD요? HT하고 일하던데요."

"어디? 한국 HT? 대박이네."

"그런데 뭐 특별해 보이진 않더라고요. 전에 대만에서 했던 거 그대로 하는 거 같아요. 한국에서 이번에 이용자가 많이 늘긴 했지만, 아직 많은 사람이 초콜릿 사용하는데 그럼 뭐 얘기 끝났죠. 큰 효과는 없을 겁니다. 톡 한번 들어가 보세요. 아주 지들 광고라고 메시지까지 보내서 광고하던데요."

김 팀장은 휴대폰을 꺼내 플리 마켓을 켰다. 플리 마켓에 대해 알아보기 위해 다운받은 것이었기에 따로 메신저로 사용하고 있진 않았다. 꽤 많은 메시지가 도착해 있었고, 대부분이 광고 메시지였다. HT에서 보낸 메시지도 그중 하나였다. 날짜를 보니 3일 전에 보낸 메시지였고, 김 팀장은 시큰둥한 표정으로 메시지를 클릭했다.

"어? 분마가 아니네?"

"그래서 더 실패할걸요. 죄다 분마, 분마거리는데 이상한 걸로 광고하고 있더라고요."

"우리야 좋긴 한데. 뭐야, 플리 마켓에도 있잖아. 이건 아예 세트로 팔고 있네. 창조자 N 파괴자? 웹툰 론칭 기념이네. 참 나, HT북스하고, 아주 지들 계열사라고 상부상조하고 있네. 그런데 배송 날짜가 오늘부터네."

"네, 지금쯤 배송하고 있을 겁니다. 그런데 박재진이 했으면 이미 SNS에 뜨고 난리 났죠."

"또 뭔 짓 하고 있는 거 아니겠지? 이번에도 광고효과 없으면 우리 단체로 짐 싸야 돼."

김 팀장은 약간 걱정되는 마음에 검색 사이트에 HT 이벤트를 검색했다. 아직까지 별다른 내용은 없었다. 박재진이 했다면 기사라도 한 줄 올라올 만한데 아직 그런 기사는 전혀 없었다. SNS까지 검색을 넓혀가던 중 어떤 사람이 올린 글이 보였다.

자신이 6만 번째 구매자라서 당첨됐다는 말과 함께, 받은 선물을 찍어 올렸다. 김 팀장은 그 사진을 가만히 쳐다봤다. 그러고는 글에 달린 댓글을 봤다.

[띠용! HT 진짜 미친 거 아니냐고.]
─HT에서 받은 거야?
─웅. 안대 끼고 온 아저씨가 주고 감. 학교까지 찾아와서 주고 갔어. 참고로 HT에서 당첨됐다고 하면 최대한 으슥한 데서 받는다고 해.
─왜? 안대 아저씨 잘생겼어?
─생긴 건 둘째 치고 나 학교 식당에서 받는다고 했다가 지금 학교 스타 됨. 내 학교생활 돌려내, HT 놈아!
─그런데 선물은 그게 뭐야? 냄비 세트 아니야?
─이거 들고 오느라 죽을 뻔. 그래도 찾아보니까 30만 원이라서 봐줌.
─웬 냄비 세트?
─생각하니까 또 웃기네. 내가 플리 마켓에서 메가스타 아메리카노 교환권을 샀는데 커피 먹다가 커피가 너무 뜨거워서 혀를 무척 심하게 데었대. 무척을 엄청 강조해야 돼! 그래서 밥을 못 먹어서 죽을 먹어야 되는데 그날따라 죽집이 다 문을 닫을 거래. 그래서 어쩔 수 없이 죽을 해 먹어야 되는데 집에 냄비가 없을 거래. 그러면서 냄비 주더라.
─ㅋㅋㅋㅋㅋㅋㅋㅋㅋㅋ미쳤네.
─진짜 개 진지하게 대사 쳐서 정신 차려 보니까 내 손에 냄비 있더라고.

—ㅋㅋㅋ아 실제로 봤어야 되는데!

—영상으로 올라간다고 했는데 언제 올라갈지는 모르겠네.

김 팀장은 눈을 떼지 않고 댓글들을 전부 살피며 재밌다는 듯 피식 웃었다. 그것도 잠시, 갑자기 인상을 찡그리며 정색했다.

"아이 씨, 재밌어! 이거 왜 재미있는 거야! 야, 야. HT에서 이벤트 하는 거 모니터해 봐. 이거 막 떠서 우리 묻히면 안 된다!"

*　　　　*　　　　*

다음 날, 사무실에 혼자 남은 한겸은 대만에서의 촬영을 구상 중이었다. 휴대폰을 이마에 가져다 대고 이리저리 움직인 뒤 영상을 확인해 보기도 했고, 한쪽에 고정시킨 뒤 영상을 찍어보기도 했다. 혼자서 대만 광고를 맡다 보니 한겸도 어깨가 약간 무거웠다. 그래도 이번 광고는 반드시 광고효과가 눈에 보여야 했다. 앞으로의 행보 때문이기도 했지만, 기간과 예산이 맞는 광고를 맡았을 때를 대비해서였다. 이번에 성공을 해야지 자신이 혼자 맡겠다고 했을 때, 팀원들이나 직원들이 흔쾌히 허락할 것이었다. 때문에 한겸은 고민하고 또 고민했다. 그때, 미디어 플랜 팀의 연 프로가 사무실을 찾았다.

"김 프로님, 영상 올라갔습니다. 푸하하."

"애들 영상 다 올라갔어요?"

"네, 오늘 공개 예정은 6개인데 지금은 3개 먼저 올라갔어요. 지금 막 올라왔으니까 한번 보세요."

한겸은 기대된다는 표정을 지으며 자리에 앉았다. 오늘 출근해서도 사무실 직원들을 통해 이번 이벤트에 대한 반응을 전해 들었다. 선물을 받은 사람이 소수이기도 했고, 그중에 SNS를 하는 사람이 또 나뉘다 보니 양이 많은 편은 아니었다. 그래서인지 널리 퍼지진 않았지만, 당첨돼서 선물을 받은 사람들이나 SNS를 본 사람들의 반응은 상당히 좋았다. 아마 영상이 나가기 시작하면 관심이 조금 더 늘어날 것이었다.

HT의 동영상 플랫폼인 HTV에 들어가자 메인에 떡하니 첫 번째 영상이 걸려 있었다. 사람들의 불만을 잠식시키기 위해 서둘렀기에 한겸도 아예 처음 보는 영상이었다.

—나 염귀한! 그대가 두고 간 것을 전해주러 왔소!

한겸은 제목을 보고 웃으며 영상을 재생했다. 일단 한겸은 색부터 확인했다.

'회색이면 무난하네.'

영상은 한 배우가 멀리서부터 다가구주택을 향해 뛰어오는 것부터 시작되었다. 배우가 가까워지자 한겸은 살짝 놀랐다. 마치 로커들에게서나 보는 긴 머리를 휘날리며 달려오고 있는데,

얼굴이 조각이었다. 회색으로 보여서인지 거칠어 보이는 느낌까지 들었다.

"이 사람 누구예요? 엄청 잘생겼네."
"네? 저야 당연히 모르죠. 김 프로님도 모르세요?"
"이거 다 애들이 진행한 거라서 저도 몰라요. 와, 노려보는데도 엄청 잘생겼네."

예산 때문에 분명히 단역배우를 썼을 텐데도 굉장히 멋있게 보였다. 그것만 봐도 팀원들이 상당히 공을 들이고 있다는 게 느껴졌다. 검은색 코트를 입고 어깨에 기다란 무언가를 들고 있던 배우는 날카로운 눈빛으로 주위를 살폈다. 그러고는 벨을 눌렀다.

―누구세요?
―나 염귀한이오. 그대가 두고 간 것을 전해주러 왔소!
―네?
―나요! 나 염귀한!
―잘못 찾아오신 거 같아요. 그런 사람 없습니다.

영상을 보던 한겸은 시작부터 웃긴지 소리 내서 웃었다. 아마 자신이 당첨자라고 해도 같은 반응을 보였을 것 같았다. 그럼에도 배우의 연기는 계속되었다. 누가 볼세라 주위를 살피며 다시 벨을 눌렀다.

—누구세요.

—나! 염귀한이오! 그대가 Myol*** 맞지 않소. 서둘러 주시오.

—뭐야, 어? 혹시 HT에서 오신 건가요?

—그렇소!

당첨자는 그제야 눈치채고는 서둘러 밖으로 나왔다. 당첨자는 배우를 보자마자 흠칫 놀라며 한 걸음 뒤로 물러섰다. 그럼에도 배우는 꿋꿋하게 연기를 이어나갔다.

—나 염귀한이오. 지금은 과거의 모습이니 못 알아보는 것도 이해하오. 설명할 시간이 없으니 이것부터 받으시오.

—이게 뭐예요?

—지금 그대에게 급하게 필요하다는 연락을 받고 전해주러 온 것이오.

—네? 이게 뭔데요.

—키보드요. 부디 이 키보드로 적의 계략을 막아주시오.

—제가요? 잘못 찾아오신 거 아니에요?

—치킨 쿠폰을 가져간 게 그대가 아니오?

—그건 맞는데요…….

—그럼 맞소. 치킨 양념을 키보드에 흘린 건 이해하오. 그보다 그 상황이 마음 아프오. 치킨을 혼자 컴퓨터 앞에서 먹을 만큼 불안함을 느낀 거요? 내가 반드시 치킨을 편하게 먹을 수 있는 세상을 만들겠소.

한겸은 소리까지 내가며 웃었다. 당황해하는 당첨자의 표정과 그럼에도 꿋꿋하게 자신의 연기를 하는 배우의 모습이 웃음을 자아냈다. 물론 모든 상황을 알기에 재미있을 수도 있었다. 하지만 상황을 모르는 사람들도 앞으로 계속될 영상을 보며 상황을 조금씩 이해할 것이고, 자신과 같은 재미를 느끼게 될 것이었다. 더불어 승기의 만화까지 관심을 보일 터였다.

─한번 확인해 보시오.
─여기서요……?

배우가 고개를 끄덕이자 당첨자가 마지못해 천으로 싸인 키보드를 풀었다. 그리고 화면에 키보드가 살짝 비쳤다. 그러자 옆에 있던 연 프로가 혀를 내밀며 놀랐다.

"이 키보드를 준다고? 배보다 배꼽이 더 큰데요?"
"이 키보드 좋은 거예요?"
"저거 무선 RGB 기계식 G915라고 쓰여 있죠? 저거 최소 30만 원은 넘을 거예요. 이야, 부럽네."

한겸도 약간 놀라며 혀를 내밀었다. 그리고 영상을 계속 이어 봤다.

─확인했으면 난 이만 가봐야겠소. 그럼 다시 HT에서 만날 날

을 기다리겠소.

마지막 대사를 뱉은 배우는 다시 주변을 살펴보더니 골목길을 미친 듯이 달렸다. 그러더니 골목길에서 옆으로 꺾었고, 카메라가 따라 골목길을 꺾는 순간 배우가 사라져 버렸다. 그리고 카메라의 초점이 하늘로 잡히며 영상이 끝났다.

색이 한 곳도 보이지 않는 것이 아쉬웠지만, 짧은 시간 내에 제작한 영상치고는 훌륭하다고 생각했다. 특히 마지막 부분은 조금만 다듬으면 색이 보이지 않았을까 하는 생각마저 들 정도였다.

"마지막까지 깔끔하네. CG 없이 CG 있는 거처럼 보이게 했네요."

"와, 나도 플리 마켓 좀 써볼걸."

"지금이라도 해보세요. 꽤 오래 할 거 같으니까."

"그럴까요? 치킨 쿠폰만 잔뜩 사야겠어요."

한겸은 피식 웃고는 스크롤을 내려 댓글을 확인했다. 영상이 이제 막 올라가기 시작해서인지 댓글이 많지는 않았다.

—이게 뭐야. ㅋㅋㅋHT 약 빨았네.

—저 배우 누군가요? 존잘러네.

—이게 무슨 내용임? 앞 편도 있는 거야? 누가 설명 좀.

—와, HT 클래스 보소. 저 키보드 현재 1번가에서 33만 원임.

플리 마켓 후원품 중에 있는데, 그것도 포인트 잔뜩 모아야 되는데. 그거 주네.

—ㅋㅋㅋㅋㅋ1편 배우 보고 2편 봤는데 2편 개웃김.

한겸은 댓글을 보며 미소 지었다. 자신이 예상한 반응을 보이고 있었다. 다만 아직까진 승기의 웹툰에 대한 관심보다는 영상 그 자체를 즐기고 있었다. 한겸은 이 소식을 팀원들에게 전해주기 위해 휴대폰을 꺼냈다. 그러고는 1편을 담당했던 범찬에게 먼저 전화를 걸었다.

—오! 겸쓰!

그 어느 때보다 반가워하는 범찬의 목소리에 한겸은 피식 웃었다. 모르는 사람들과 혼자 일하는 것이 처음이라서 어색해하고 있다는 것이 느껴졌다.

"네가 기획한 영상 올라왔어. 봤어?"

—어, 지금 봤어. 대박 아니냐? 마지막에 하늘로 앵글 잡는 거 내 아이디어야.

"어? 진짜? 그게 가장 좋던데."

—내가 그 정도야.

"그런데 왜 키보드로 바꿨어? 원래 전자레인지였잖아."

—촬영감독님하고 제작회의 하는데 그림이 살려면 무조건 뛰어야 된다고 그러더라. 그런데 전자레인지 들고 어떻게 뛰어. 그

래서 내가 대충 스토리를 짰지.

"네가 키보드 가지고 싶었던 건 아니고?"

—크크, 그런 이유도 있었는데 안 주더라.

"그래서 지금 뭐 하고 있는데?"

—이동하고 있지. 지금 모델하고 시나리오 확인하고, 당첨자 만나러 가고 있어.

"고생 많네. 다음 거 나오면 보고 또 연락할게."

—뭐야, 혼자 있으니까 심심하냐? 아까 당첨자 만난 얘기해 줘? 난 나보다 미친 거 같은 사람 처음 봤어. 궁금해?

"됐어. 끊는다."

끊지 않으려는 범찬의 모습에 한겸은 피식 웃고는 전화를 끊었다. 사람들과 쉽게 친해지는 범찬인데도 어지간히 어색한 모양이었다. 앞으로도 자주 겪어야 할 일이었기에 미리 경험해 두는 것이 좋았다.

한겸은 종훈과 수정에게 전화를 하기 앞서 먼저 영상부터 살폈다. 구급상자를 전해주는 영상과 냄비 세트를 전해주는 영상이었다. 두 개의 영상은 범찬이 기획한 것처럼 대부분이 회색이었다. 한참 영상을 보던 중 한겸이 고개를 갸웃거렸다.

"중간을 건너뛰고 4만 번째부터네."

"저도 순서가 이상해서 물어봤더니 당첨자가 촬영 안 하겠다고 그랬대요."

"그럴 수 있겠네요. 조금 아쉽네."

"그래도 이거 퍼지면 다들 하겠다고 하지 않을까요? 특히 이거 냄비 세트 영상은 대박 같죠?"

"그러게요. 학생들이라서 그런지 엄청 몰려 있네요. 배우도 연기 잘하고."

"다 뭐 하는지 궁금해하다가 냄비 주는 거 설명할 때 미친 듯이 웃잖아요. 받은 학생이 더 웃겨. 그 와중에 자기가 혀 델 거 어떻게 아냐고 묻잖아요. 푸하하."

"후후, 이거 영상 좀 퍼져서 맞받아치는 사람도 나오면 재미있겠네요."

모든 사람이 촬영을 허락하지 않은 게 약간 아쉬웠다. 그래도 지금의 영상만으로도 충분히 재미를 주고 있었다. 비록 색이 보이진 않더라도 물량 공세 덕분에 승산이 있어 보였다. 한겸이 웃으며 종훈에게 전화를 걸려 할 때, 마침 종훈에게서 먼저 전화가 걸려왔다.

"네, 형. 영상 올라온 거 봤어요."

―아, 그래? 나도 확인했어.

한겸은 종훈의 목소리를 들으며 고개를 갸웃거렸다. 자신이 기획한 첫 영상이 올라와서 기뻐할 만도 한데, 종훈의 목소리에는 걱정이 묻어 있었다.

"목소리가 왜 그래요? 무슨 일 있어요?"

―그게… 나 혹시 뭐 잘못했어?

"네? 그게 무슨 말이에요?"

―내가 대표님한테 뭐 잘못하고 그런 거 없지?

"대표님이 뭐라고 했어요?"

―어… 어젯밤에도 전화하고 조금 전에도 전화하셨어.

"뭐라고 하셨는데요?"

―어제 촬영 팀하고 좀 친해지려고 회식을 하고 있었거든. 그 때 대표님이 전화하셔서 나한테 잘 놀고 있다고 그러셨어. 오늘 아침에도 재밌게 놀라고 그러시더라고… 회식을 괜히 한 건가?

"아……."

한겸은 어이가 없다는 듯 헛웃음을 뱉었다.

*   *   *

승기는 자신의 웹툰으로 정식 연재를 하게 된 게 믿기지가 않았다. 비록 이름 있는 작가가 아니었기에 신입의 조건으로 계약을 했지만, 신입 작가들 중에서도 최고의 조건으로 계약을 했다. 거기에 더해 자신의 웹툰 캐릭터가 HT에 도배되고 있었다.

"우리 승기 성공했네!"

"아직 성공은 아니에요. 이제 5만이에요."

"이게 성공이지. 외숙모가 알아보니까 아직 편 수도 적은데 5만이면 대단한 거라고 하던데? 나중에 다른 만화들처럼 몇천만 그렇게 될 수 있을 거래."

승기는 멋쩍게 웃었다. 외삼촌과 외숙모는 승기의 일을 지인들에게 자랑하기 바빴다. 마치 친자식의 일처럼 기뻐해 주셨다. 그래도 아직은 자신에 대한 확신이 서지 않았다. 많은 준비를 하긴 했지만, 너무 급작스럽게 연재를 한 탓에 마음의 준비는 안 된 상태였다. 그리고 영상이 재미있다 보니 혹시 웹툰을 보고 실망을 하지 않을까 걱정되었다. 그 때문에 아직까지도 자신의 웹툰에 달린 댓글을 보지 않았다. 보진 않더라도 계속해서 늘어나는 댓글 수는 확인했다. 그리고 어떤 댓글이 달렸을지 상상하며 초조해했다. 그때, 웹툰을 확인하던 외삼촌이 웃으며 입을 열었다.

"그 형들한테 꼭 고마워해야겠네. 전부 광고 보고 찾아왔대. 그런데 약 빤 게 뭔 소리야? 약 빤 광고 원작이냐고 묻는 사람이 대다수네."

"아, 광고 잘 만들었다는 소리예요."

"그래? 승기 너도 인사 같은 거 남겨야 하지 않아? 다른 사람들 보니까 작가가 잘 부탁한다고 댓글 남기고 그러던데. 너도 약 빤 인사 좀 남기고 그래."

승기는 헛기침을 하고는 손에 들린 휴대폰을 봤다.

*　　　　　*　　　　　*

휴대폰을 든 승기는 화면 바로 위에서 엄지만 위아래로 움직였다. 막상 보려 하니 어쩌나 떨리는지 자신의 심장 소리가 들리는 것 같았다. 게다가 자신을 보고 있는 외삼촌과 외숙모까지 신경 쓰였다.

"휴, 이게 뭐라고 떨리네요."

승기는 긴장을 풀려고 애써 웃음을 보였다. 속으로 카운트까지 센 뒤 첫 화를 클릭했다. 그러고는 처음부터 살피기 시작했다. 수백 번을 봤는데도 플랫폼에 올라와서인지 느낌이 색달랐다. 잠시 뒤 첫 화를 모두 살펴본 승기는 다시 숨을 몰아쉬고는 댓글을 살폈다. 댓글에는 외숙모가 말했던 것처럼 플리 마켓 영상에 대한 얘기들이 상당히 많았다.

—1편에 나왔던 그 배우가 주인공이 아니라니…….
—전작도 없는데 HT에서 엄청 밀어주네. 수상한데.
—달려봅니다!
—이게 플리 마켓 영상 원작임?ㄷㄷ
—영상은 개웃긴데 이건 웃긴 게 아니네.

댓글에 적혀 있듯이 신인임에도 HT에서 밀어준 덕분에 댓글이 봐도 봐도 끝이 없었다. 그런데 대부분이 만화에 대한 평가가 아니었다. 전부 영상에 관련된 댓글들이었다.

승기의 얼굴에 걱정이 사라진 대신 씁쓸함이 자리했다. 내용은 그렇다 쳐도 하다못해 그림에 대한 평가라도 있을 줄 알았는데 누구 하나 언급하는 사람이 없었다. 승기가 씁쓸한 표정으로 휴대폰을 보고 있자 외삼촌이 승기의 마음을 읽었는지 옆으로 다가와 말을 걸었다.

"이렇게 해서라도 누가 봐주는 게 좋지 않아? 그렇게 밤낮없이 고생하면서 그린 건데 아무도 안 보면 그게 더 마음 아플 거 같은데?"

"그렇긴 하죠."

"그 형들이 광고를 너무 잘 만들어서 그렇지 우리 승기 만화도 충분히 재미있어. 조금 지나면 재미있다고 할 거야. 그러니까 괜히 그 형들 탓으로 화살 돌리지 말고."

"아! 아니에요. 절대 안 그러죠. 형들이 다 저 잘되라고 도와주신 건데요. 그냥 조금 더 잘 그렸으면 어땠을까 생각한 거예요."

승기는 어색하게 웃었다. 일단 한 편을 보고 나니 긴장감은 크게 사라졌다. 아까보다는 편안한 마음으로 한 편씩 읽어갔다. 100화가 넘는 분량을 쌓아둔 덕분에 벌써 10화까지 올라가 있는 상태였다. 그 10편 중 자신이 보고 있는 5화까지는 여전히 광고 영상에 대한 댓글들이었다. 특히 과거 회상 신 중에서 배송을 했던 캐릭터가 나오면 아주 그 얘기로 온통 도배되고 있었다. 그러던 중 승기가 갑자기 댓글 하나에서 손을 멈췄다.

—그림이 예술이네요. 배경 하나하나 신경 쓴 웹툰은 진짜 오랜만에 봐요. 게다가 공간감까지 있어서 그림을 보느라 이 짧은 웹툰을 30분이나 보고 있었네요.

　승기는 그 댓글을 보며 수줍게 웃었다. 자신이 신경 쓴 부분을 정확하게 짚어서 칭찬했다. 예전에 한겸이 작은 글씨로 큰 글씨를 만드는 것을 보며 공간감이 굉장하다고 칭찬했고, 그걸 글씨가 아닌 웹툰에 녹여보려고 공을 들였다. 많은 고생을 하며 작업한 걸 칭찬하니 말로 설명할 수 없을 정도로 뿌듯했다.

　다른 댓글에서는 여전히 영상에 대한 얘기나 그 영상 속 캐릭터에 관한 얘기를 하고 있었지만, 칭찬 댓글 하나로 마음이 편안해졌다. 때문에 밝아진 얼굴로 남은 웹툰을 살피기 시작했다. 한참을 살피다 보니 어느새 1화 다음으로 가장 많은 댓글이 달린 마지막 10화를 볼 차례였다. 승기는 이것도 마찬가지일 거라고 생각하며 10화를 클릭했다. 그리고 웹툰 내용을 확인하고는 곧바로 댓글을 봤다. 그런데 베스트로 올라온 댓글이 자신이 예상하던 댓글이 아니었다.

　—염귀한 좀 편안하게 내버려 둬라! 이 작가 놈아!
　—아… 다음 편 내놔요! 현기증 난단 말이에요.
　—안차범 나만 웃김? 말하는 거마다 빵빵 터지는데.
　—나도 안차범! 내 최애캐 등극!

승기는 침을 꿀꺽 삼켰다. 베스트 댓글부터 시작해서 전부 만화에 대한 내용이었다. 영상에 관한 내용도 물론 있었지만, 대부분이 다음 화가 기대된다는 내용이거나 캐릭터들에 몰입해서 남긴 댓글들이었다.

＊　　　　＊　　　　＊

C AD와 함께 이번 기획을 담당하는 HT의 마케팅 팀장은 이용자들의 반응을 보고받느라 정신이 없었다. C AD에서 내놓은 기획이 재미있을 것 같다고 생각은 했는데 반응이 이 정도일 거라고는 생각지 못했다.

어제 6편이 올라올 때만 하더라도 여전히 대만과 차별을 했다는 불만이 올라왔었다. 그런데 시간이 지날수록 점점 줄어들기 시작했다. 당첨자들 수가 대만과 비교하기 힘들 정도로 많다 보니 상당히 많은 양의 인증 글들이 올라왔다. 그러면서 선물받은 것들을 공개하니 사람들이 관심을 보였다. 내수 차별을 한다며 HT도 역시 한국 기업이라고 하던 글들이 이제는 역시 HT라며 칭찬으로 돌아섰다.

덕분에 비집고 들어갈 틈이 없어 보였던 한국 메신저 시장에서 10%라는 이용자 수치를 달성했다. 어떤 마케팅을 내놓아도 실패로 돌아가던 이용자 유치를 C AD 덕분에 달성해 버렸다. 물론 여러 개의 메신저를 사용하는 사람들이 많다 보니 이를 유지하기 위해서는 자신들이 노력해야 했다. 팀장은 결과들을 보면서 감탄하기 바빴다.

"진짜 대단하네. 다른 건 몰라도 온라인과 오프라인을 섞어서 광고하는 건 C AD가 최고 같다."

"엉뚱한 걸 선물로 주는 게 진짜 대박 먹혔어요. 그렇다고 꽝 같은 느낌이 아니니까 더 먹혀들고 있고요."

"도대체 그런 아이디어는 어디서 나오는 거야. 우리가 하는 건 C AD에서 연락 오면 후원해 주는 회사에 연락해서 후원해 달라고 하는 거밖에 없잖아. 진짜 신기해."

"막 소비자들하고 노는 거 같지 않아요? 분마도 소비자들하고 소통하면서 하더니 이번 것도 소비자들하고 소통하면서 노는 거 같아요. 지금 플리 마켓 이용자도 또 늘었어요. 분석 팀에서 놀랐잖아요."

"그렇지. 자기들이 예상한 최고치를 훌쩍 넘기게 생겼으니까."

확실히 분마 때와 비교가 가능할 정도로 이용자가 늘고 있었다. 하지만 팀장이 보기에는 지금이 더 대단해 보였다. 메신저라는 게 뒤집어진 원뿔과도 같았다. 처음에는 이용자가 빠르게 채워지지만, 갈수록 넓어지다 보니 채우는 게 여간 힘든 것이 아니었다. 그런데도 지금 창조자 N 파괴자로 그 빈칸을 채우는 중이었다. 그때, 갑자기 휴대폰이 울렸다.

"네, HT 마케팅 팀 양태우입니다."

―양태우 팀장님 되시죠. 전 쿡 앤 키친 상무 허인식이라고 합니다.

팀장은 휴대폰을 보며 고개를 갸웃거렸다. 쿡 앤 키친이라면 이번에 이벤트를 준비하느라 후원을 요청하기 위해 연락을 한 적이 있었다. 그때는 분명 과장이라는 사람과 연락을 했는데 상무라는 사람은 왜 연락을 했는지 알 수가 없었다.

"쿡 앤 키친에서 어쩐 일이신가요?"

—다름이 아니라 감사 인사를 드리려고 연락을 드렸습니다.

"감사 인사요?"

—그 광고 영상에 저희 냄비 세트가 나가면서 저희한테 문의가 많이 들어오고 있습니다.

"네⋯⋯?"

—처음에는 염귀한 세트가 맞냐는 문의가 들어와서 저희도 무슨 말인지 몰라서 당황했습니다. 그런데 알고 보니까 HT에서 힘써주신 덕분이라는 걸 알았습니다.

양 팀장은 순간 소름이 끼쳤다. 반응이라는 것이 보통 밑에서부터 올라오게 마련이었다. 지금도 충분히 이용자들의 반응을 느끼고 성공적이라고 생각했는데, 그건 극히 일부분에 불과했다. 영상의 일부분에서 나왔을 뿐인 쿡 앤 키친에서 감사 인사를 할 정도면 엄청난 반응을 보이고 있다는 소리였다.

"주문량이 그렇게 늘었나요?"

—아, 주문은 크게 변동 없습니다. 그래도 소비자들에게 쿡

앤 키친을 소개할 수 있는 기회가 되었습니다.

"그게 가장 어렵긴 하죠……."

—그래서 이번 기회에 저희가 배너 광고를 좀 넣으려고 합니다. 기왕이면 염귀한이 나오는 창조자 N 파괴자를 지목해서 광고할 생각입니다.

"그건 저희가 아니라 웹툰에 연락을 하셔야 하는데……."

—하하, 압니다! 그래도 저희를 알리도록 힘써주신 분이 양 팀장님이시라는 얘기에 감사 인사를 드리려고 연락드렸습니다. 혹시 시간 괜찮으시면 식사 대접이라도 하고 싶습니다.

"아, 그건 조금 곤란하네요… 괜히 오해를 받을 수 있고 그래서요. 마음만 받겠습니다."

그 뒤로도 몇 번이나 더 감사 인사를 받고서야 통화를 마쳤다.

"팀장님, 쿡 앤 키친에서 뭐래요?"

"고맙다고 밥 사준대."

"어? 진짜요? 왜요?"

양 팀장은 직원들에게 통화 내용을 얘기해 주었다. 그러자 직원들도 놀란 표정들이었다.

"그런데 식사는 왜 거절하셨어요? 가끔 드시잖아요."

"내가 한 게 없는데 그걸 어떻게 먹어. 먹다가 체하지. 그런데 그 정도로 영향력이 있다고?"

"지금도 한 편, 한 편 늘어갈수록 보는 사람이 늘어나고 있잖아요."

"후, 진짜 대박이네. 예산도 최저로 잡았는데 이렇게까지 효율을 내는 게 신기하다."

"효율도 효율인데 저희한테 광고 배너까지 의뢰했다면서요. 보통 대행사 껴서 연락하는데 다이렉트로 연락한 거 보면 급한 모양인데요."

"그거 우리한테 한 거 아니야. 그냥 하겠다고 말한 거지."

"우리가 아니에요? 그럼 어디에 해요?"

"웹툰 쪽. 창조자 N 파괴자를 지목해서 배너 광고 달고 싶단다. 어? 생각해 보니까 후원해 준 회사가 거기뿐만이 아니잖아."

"그렇죠. 아직도 많이 남아 있고요."

"와… 이거 백승기 작가 벼락부자 되는 거 아니야? 후원해 줬던 기업들이 전부 지목 광고 때려 버리면 광고 단가도 올라갈 테고. 그러면 광고 수입도 작가가 떼어 가니까 수입이 어마어마하겠네."

팀장은 놀랍다는 듯이 혀를 내밀었다. 그러고는 팀원들을 향해 말했다.

"후원품 준 회사들 중에 영상 올라온 회사만 연락해 봐. 넌지시 반응 어떤지 확인해 보게."

"네?"

"뭘 떨떨하게 되물어. 미리 대비해야지. 만약에 영상에 나온 회사들이 전부 잘되면 어떻겠어. 다들 우리한테 연락 올 거 아니야. 그거 대비해야 된다고!"

"아… 일복 터지겠네."

팀원들은 각자 회사를 나눠 연락을 했고, 양 팀장은 그 상황을 지켜봤다. 잠시 뒤, 직원들이 한 명씩 보고를 시작했다.

"지테크 이 실장님이 연락하자마자 고맙다고 그러시는데요… 지테크는 실질적으로 판매량이 늘었다네요."

"지테크가 두 개지?"

"네, 키보드하고 모니터요."

그곳뿐만이 아니라 모든 회사들이 광고로 인해 효과를 봤는지 하나같이 고마움을 표했다. 양 팀장은 어이가 없다는 듯 헛웃음을 뱉으며 입을 열었다.

"아, 이게 편한 게 아니었구나. 폭풍 전 고요였어……."

*   *   *

다음 날. 한겸은 HT에 올라온 영상을 보며 배를 잡고 웃었다. 아마 범찬이 미친 거 같다고 말한 사람이 이 사람인 것 같았다. 이걸 촬영했을 당시면 다른 영상이 올라오지도 않았을 텐데 배우와 대사를 주고받기까지 했다.

　―장두팔의 오른팔 되시오?
　―그렇소만. 장두팔을 아시오?

　이번 당첨자의 아이디가 '장두팔의 오른팔'이었다. 독특한 아이디를 쓰는 사람이 많다 보니 이건 아무렇지도 않았다. 그보다 같은 톤으로 되묻는 당첨자가 신기했다.

　―그분께 많은 도움을 받았소.
　―그분? 우리 개 이름이 장두팔이오만.
　―아……..

　화면에서 당황하는 배우의 모습이 나왔고, 그 모습이 웬만한 개그프로보다 더 재미있었다. 범찬이 이상하다고 할 만한 사람이었다. 게다가 마지막에 배우가 선물을 주고 달려가는 장면에서는 웃음이 최고조로 터졌다. 같이 가자고 하면서 배우의 옆에 바짝 붙어 따라 달렸고, 배우는 잡히지 않기 위해 안간힘을 쓰며 달렸다. 그 모습이 영상에 그대로 담겨 있었다. 함께 영상을 보던 우범도 웃음을 참으며 말했다.

　"이래도 되는 건지 모르겠군."
　"하하하, 하나쯤은 괜찮은 거 같아요. 이 사람 진짜 웃기네요."
　"그럼 내일모레 올라오는 영상도 좋아하겠군."

"내일모레요?"

"방 프로가 촬영 간 당첨자가 분장까지 하고 기다리고 있었다고 그랬다."

"푸하하, 진짜 웃기네."

"지금 광고효과는 그 어느 때보다 확실하다. 제대로 불을 지폈다."

그때, 한겸의 휴대폰에 메시지가 도착했다.

[김 프로! 이거 당첨자, 주최 측의 농간이죠! 내가 얼마나 많이 샀는데 난 왜 당첨 안 돼!]

메시지를 보낸 사람은 박재진이었고, 한겸은 메시지를 보며 씨익 웃었다. 분마를 했던 박재진마저 당첨되고 싶게 만드는 걸 보면 확실히 성공적이었다.

*   *   *

며칠 뒤. 대만 분트의 광고 제작회의를 마친 한겸은 스태프들이 돌아가자 개운한 표정을 지으며 기지개를 켰다.

"매번 느끼지만, 진짜 한겸이 넌 좀 대단해."

"제가 왜요?"

"우리가 준비해야 될 거까지 전부 준비해 놓잖아. 우리는 그냥 확인만 하면 돼."

"촬영에 필요한 것들이니까 말한 거예요."

"그래도 다들 대만족하잖아. 스태프들 표정 봤지? 지금 옆에 경용 씨도 완전 해맑잖아."

한겸도 그 부분이 궁금했다. 줄곧 일을 함께한 스태프들이었지만 오랜만에 봤다고 포옹까지 할 정도는 아니었는데, 하나같이 포옹을 하며 인사할 정도로 반가워했다. 회의를 마치고는 엄지까지 내밀며 만족해했고, 전보다 훨씬 열정적인 모습을 보였다.

"진짜 왜 그런 거예요?"

"왜 그러기는. 다들 불안했던 거겠지. 다 C AD 소속이 아니고, 그렇다고 계약한 우리 프로덕션 소속도 아니고, 매 건마다 계약하는 외주업체다 보니까 불안했던 거야."

"왜 불안해요? 이해가 안 되네."

"왜 불안하기는. 지금까지 C AD에서 광고 만들면 전부 자기들 불렀었잖아. 그런데 이번에는 어때."

"아, HT 광고 때문에 그랬던 거였어요?"

"그래! 오늘까지 영상 24개 올라왔잖아. 그렇게 많이 찍는데 자기네들한테 연락 한번 없었으니까 불안했겠지. 그건 네가 좀 잘못했어. 미리 말을 해주든지 했어야지."

"저는 대만 분트 팀이라고 생각해서 그 부분까지는 생각 못 했어요. 하루에 영상을 6개씩 만들어서, 분명 그거 다 소화 못

하거든요. 대만 촬영 준비해야 되는데 컨디션 문제도 있고 그래서요."

한겸은 생각지도 못한 상황에 어색한 미소를 지으며 경용을 봤다. 곁에 자리하고 있던 경용도 회의에 참석했던 스태프들과 비슷한 표정이었다.

"작업하신다는 연락을 안 하셨는데 광고가 나오니까 사실 저도 걱정되더라고요. 작업실까지 차렸는데."
"휴, 제가 그 부분은 실수를 했네요. 제가 진짜 단순하게 모든 스태프들이 전부 저하고 같이 일하는 거라고 생각했어요."

그 말을 들은 방 PD는 피식 웃었다. 아마 다른 스태프들이 들었으면 무척이나 좋아했을 말이었다.

"아마 다들 전보다 더 열심히 할 거야."
"오늘도 다들 의욕이 넘쳐 보이시던데요?"
"당연히 그렇지. 지금 HT 이벤트 광고 찍고 있는 게 잘되고 있는데 열심히 해야지. 그 전까지는 아마 C AD에서도 자기네들이 꼭 필요하다고 생각하고 있었을걸."
"필요하죠."
"그래, 네 열정을 감당할 수 있어야 되니까. 그런데 이번 광고로, 자기네가 아니더라도 널리고 널렸다는 걸 깨달았으니까 더 불안했던 거고. 불안했던 것만큼 더 열심히 할 거야."

한겸은 대만 HT 광고를 찍을 당시 박재진을 혹사한다고 눈치를 주던 스태프들을 떠올렸다. 사실 이번에는 더 많은 시간과 공을 들여야 했기에 조금 걱정했는데, 그 부분이 어쩐지 해결된 것 같았다. 한겸이 피식 웃자 방 PD도 웃으며 입을 열었다.

"그런데 이번 광고는 네가 한 거 아니지?"

"수정이한테 들으셨어요?"

"첫날 네가 낸 기획으로 자기가 광고 찍는다고 나간 후에 지금까지 얼굴도 못 보고 있는데 듣긴 뭘 들어. 지금 나흘 못 봤나? 지방까지 왔다 갔다 해야 돼서 그런가, 지금 계속 밖에서 자고 안 들어와. 오죽하면 수정 엄마가 옷 같은 거 챙겨서 가져다줬겠어."

"아, 그렇죠. 그런데 제가 한 거 아닌지 어떻게 아셨어요?"

"광고에서 네 느낌이 안 살아서. 너만의 디테일한 부분이 있어야 되는데, 이번 영상은 그런 게 전혀 없었거든. 네 성격상 보면 일반인들 보고도 다시 하자고 해서 좋은 영상 담았을 텐데, 지금 거는 마치 Y튜브 영상 올리는 거 같거든."

계속 함께했던 만큼 방 PD는 한겸에 대해서 제대로 파악하고 있었다.

"그래도 난 그 영상들 보니까 걱정이 가시더라."

"애들이 진짜 잘 만들었어요. 영상은 조금 부족하긴 해도 아이디어들이 제대로 먹혔거든요."

"그 말이 아니야. 네가 그런 걸 용인했다는 부분에서 걱정이 가신 거야. 우리 분트 촬영하면 일반인들 대상으로 해야 되는데, 내가 얼마나 걱정을 많이 했다고. 아까 스태프들 표정 밝은 것에 그 이유도 있을걸?"

"그 말씀이셨어요?"

한겸은 어색하게 웃었다. 사실 지금 영상들을 보며 재미있다고는 생각했지만, 아무래도 자신의 일과는 별개였다. 한겸은 지금 어떻게 해서든지 조금이라도 더 색이 보이는 광고를 만들 생각뿐이었다.

방금 전까지 스태프들도 촬영 스케줄을 이해해 줄 거라고 생각했던 한겸은 어색하게 웃었다. 방 PD는 한겸의 웃음을 오해했는지 활짝 웃으며 말했다.

"남들은 몰라도 나는 알거든. 처음에 우리 수정이가 광고 찍는다고 했을 때 내가 진짜 놀랐거든. 왜냐! 네가 그럴 사람이 아니니까. 그래서 수정이가 착각을 하고 있다고 생각했었는데, 광고 영상이 올라오더라고. 그래서 알았지."

"뭘요?"

"에이, 나한테까지 왜 시치미를 떼고 그래. 다 안다니까."

한겸은 어리둥절한 표정으로 방 PD를 봤다. 그러자 방 PD가 섭섭하다는 표정으로 입을 열었다.

"다 겸사겸사해서 찍은 거잖아. 내가 승기 그 학생을 못 본 것도 아니고. 그 학생 도와주려고 한 거잖아? 분트 광고도 일반인 상대로 제작하니까 겸사겸사 HT 광고로 미리 실험해 볼 생각이었잖고. 남들은 몰라도 나는 다 알겠더만. 네가 하나만 보는 녀석이 아니라고 생각하면서 보니까 보이더라."

그럴 생각이 아니었던 한겸은 웃으며 대답을 피했다. 승기의 웹툰을 홍보하기 위한 목적이 가장 컸던 건 사실이지만, 실험해 보기 위해 제작한 것은 아니었다.

"참 대단해. 어떻게 그 만화 띄우려고 그런 일을 벌이고, 그러면서도 자기 이득도 챙기는지."
"승기 웹툰은 만날 때부터 약속했던 거니까요."
"그러니까 약속 지키는 것도 대단하다고 하는 거야. 난 만화는 그냥 언뜻 보기만 해서 잘은 모르는데, 우리 프로덕션 애들이 대박이라고 그러더라."

옆에 있던 경용도 승기의 웹툰을 봤는지 입을 열었다.

"저도 미리 보기 결제까지 하면서 보고 있어요. 재미있더라고요."
"경용 씨도 만화 봐요? 혹시 한겸이 기다리면서 노래 만들려고 본 건가?"

"아, 그건 아니고요. 장면 전환이 훅훅 돼서 곡 작업이 안 되더라고요. 아무튼 진짜 재밌어요. 지금도 인기 순위 1위예요."

"그럼 승기 학생도 돈 많이 벌겠네."

"많은 정도가 아닐 거예요. 지금 벌써 2,000만 뷰더라고요. 지금 창조자 N 파괴자 열풍이 대단해요."

"이야… 이래서 줄을 잘 서야 돼. 승기 학생 아직 성인 아니지? 그런데 줄을 잘 서서 벌써 돈방석에 앉았네."

"아직 성인이 아니에요? 그림이 거의 예술의 경지던데."

"처음 봤을 때도 그림은 잘 그렸지. 그림보다 글씨를 더 잘 쓰긴 하는데."

대화를 듣던 한겸이 웃으며 말했다.

"광고로 시기를 조금 앞당겼을 뿐이지 저희가 홍보를 안 했더라도 아마 성공했을 거예요."

"그건 아니죠. 요즘은 음악도 홍보가 엄청 중요한데 만화도 비슷하잖아요. 저도 사실 만화를 안 보던 사람인데 광고 보고 만화 보기 시작했거든요."

"그래, 경용 씨 말이 맞아. 난 웹툰 플랫폼이 그렇게 많은지 이번에 처음 알았네. 승기 학생도 진짜 복받았어. 어떤 사람이 약속 지키겠다고 광고를 수십 개씩 만들어."

홍보를 해주기 위해 수십 개씩 만든 건 사실이었기에 한겸은 피식 웃었다. 아무리 HT와 이해관계가 맞아떨어졌다고는 하나

과한 면이 있었다. 그때, 승기로부터 전화가 걸려왔다. 며칠 전부터 수시로 전화를 걸어 감사 인사를 했기에 전화 온 상황이 놀랍지는 않았다.

"승기네요. 잠시만요."

"축하한다고 전해줘."

"응, 승기야."

―네, 형. 바쁘세요?

"아니, 네가 바쁘지 않아? 연재 안 밀리려면 계속 그려야 되잖아."

―형한테 좀 물어볼 게 있어서요.

"나한테? 뭔데?"

―HT에서 제 웹툰을 다른 나라에서도 서비스하고 싶다고 하더라고요.

"벌써? 한국에서도 이제 시작이잖아."

―그래서 여쭤보는 거예요. 외삼촌도 형한테 물어보는 게 나을 거 같다고 하셔서요.

"HT에서 연락이 온 거야?"

―네, 계속 연락하고 있어요. 오늘도 광고 때문에 만나자고 하는 줄 알았는데 그 얘기를 하더라고요.

HT에서 웹툰이 성공할 거라고 판단한 모양이었다. 한겸은 놀라는 것도 잠시, HT가 그렇게 판단한 이유를 생각했다. 아마 똑같은 광고를 제작할 생각은 아닐 것이다. 그렇다면 C AD에게 우선적으로 연락을 했을 것이다. 한참을 생각하던 중 앞에서 자신을 보고 있는 경용이 보였다. 한겸이 쳐다보자 경용이 어색하게 웃으며 속삭이듯 말을 뱉었다.

"창앤파 작가님이시면 나중에 사인 한 장만. 저도 만화 잘 보고 있다고."

그 말을 들은 한겸은 피식 웃었다. 그러고는 곧바로 전화 너머 기다리고 있는 승기에게 말했다.

"네 만화가 재미있어서 그런 거 같은데. 해외에서도 먹힐 거 같다고 판단했을 거 같아."

─정말요……?

"아마 그거 말고는 딱히 생각이 안 나네. 지금 내 옆에도 네 사인 받고 싶어 하는 사람 있거든. 재미있다고 전해달래."

─아! 감사합니다!

"그리고 HT에서 뭘 하든 너한테 손해는 아닐 거 같아. 물론 지금처럼 열심히 그려야겠지만. 넌 열심히 하니까 그건 문제 안 될 거 같은데. 승기 너도 천천히 잘 생각해 봐. 만화 보면 나처럼 생각하려고 애를 엄청 썼던데."

─그거 때문에 조금 오래 걸리긴 해요. 휴, 형 매번 감사해요. 외숙모가 형들 좀 한가해지시면 다들 식사 초대하고 싶다고 그러셨어요.

"그래, 감사하다고 전해 드리고 만화 열심히 그려."

한겸이 통화를 마치자 방 PD가 놀랍다는 듯 물었다.

"만화에 광고도 붙었었어? 거기다가 해외 진출도 한다고? 이거 진짜 재벌 되는 거 아니야? 광고로 재벌을 만든 거야?"
"하하, 아니에요. 다 승기가 만화 잘 그려서 그렇죠."
"그런데 너처럼 생각했다는 건 무슨 말이야."

한겸은 대답 대신 어색하게 웃었다. 그때, 옆에 있던 경용이 갑자기 박수를 치더니 입을 열었다.

"어쩐지! 어디서 본 거 같았는데 김 프로님을 모티브로 잡아서 그린 게 염귀한이었구나!"
"염귀한이 주인공이야?"
"네, 염귀한! 그래서 이름에 '한' 자도 들어간 건가 보네요. 염귀한, 김한겸."

그 말을 듣던 한겸은 흠칫 놀라고는 서둘러 자리에서 일어났다.

"다들 안 가세요? 저도 좀 바쁜데요!"

＊　　　　＊　　　　＊

사무실에 혼자 남은 한겸은 어김없이 올라온 광고를 보며 웃었다. 날이 갈수록 아이디어가 떨어지기는커녕 더 발전하고 있었다. 그러다 보니 사람들의 반응도 더 좋아졌다. 한겸은 사람들의 긍정적인 반응도 좋았지만, 그보다 팀원들이 발전하고 있다는 사실이 훨씬 기뻤다.

이번 일은 승기의 만화도 성공적으로 홍보하면서 팀원들의 실력도 발전시킬 수 있는 계기가 되었다. 물론 자신이 처음 틀을 짜긴 했지만, 그 이후로는 참여한 게 아무것도 없었다. 기껏 한 거라고는 플리 마켓에 올라갈 팝업창 디자인을 확인한 것이 전부였다.

당연히 광고에서 색이 보였다면 더 좋았겠지만, 제작 기간이나 환경상 자신이 제작했더라도 힘들었을 것이다. 한겸은 웃으며 그나마 색이 보이는 디자인을 불러왔다.

'이것도 큰 역할을 하긴 했지.'

팝업창은 가장 첫 번째로 사람들과 만나는 광고이다 보니 확실히 중요한 역할이었다. 한겸은 웃으며 화면에 보이는 염귀한을 가만히 들여다봤다. 그때, 불현듯 방 PD와 대화했던 내용들이 떠올랐다.

"아! 이것도 포토 모자이크처럼 되지 않을까? 여기서 되면 분트 광고도 가능할 거 같은데!"

한겹은 평소처럼 말을 뱉은 뒤 고개를 번쩍 들었다. 하지만 사무실은 텅 비어 있었다. 한겹은 스스로도 웃긴지 피식 웃고는 곧바로 1층으로 내려갔다.

제2장

우노 커피숍

　며칠 뒤. 아침 일찍 출근을 한 범찬은 사무실에 들어오자마자 이리저리 주변을 살폈다. 이미 출근해 있던 수정과 종훈은 그런 범찬을 보며 말했다.

　"오늘도 안 올 거 같은데?"
　"왜? 어이가 없네. 도대체 뭐 하고 다니는 거야."
　"아빠랑 같이 일하고 있는 거 같은데 뭔지는 모르겠네."
　"대표님도 모른다고 그러고 이상하네. 촬영한 것도 없을 텐데 도대체 프로덕션에는 왜 간 거야? 사무실에서 이 형님 올 때까지 딱 기다리고 있어야 되는 거 아니야?"
　"그래서 일부러 피했을 수도 있다는 생각은 안 들어?"

범찬은 수정의 농담을 들은 척도 하지 않고 한겸의 자리만 쳐다봤다. 어제부로 강행군을 끝내고 출근을 했는데 한겸이 자리에 없었다. 전화를 걸어봤지만, 한겸은 나중에 연락한다는 말만 하고 곧바로 끊어버렸다. 뭘 하고 있는지 알 수가 없었다.

종훈은 못마땅한 표정으로 한겸의 빈자리를 보고 있는 범찬에게 입을 열었다.

"왜 그렇게 한겸이 찾아?"

"형은 안 불안해요?"

"뭐가 불안해?"

"나만 그런 거야? 일주일 넘게 미친 듯이 촬영할 때는 몰랐는데 이거 끝나니까 불안하지 않아요?"

"가수들이 겪는 그런 거 말하는 거야? 무대 끝난 뒤 공허함 이런 거?"

"에이, 내가 가수도 아니고. 그런 거 말고요. 찍을 때는 스케줄에 치여서 그런 생각이 안 들었는데 끝나고 나니까 내가 잘한 건가 싶더라고요."

범찬의 말을 듣던 종훈도 같은 감정을 느꼈는지 고개를 끄덕거렸다.

"이럴 때 겸쓰한테 '잘했어' 한마디만 들으면 풀릴 거 같은데."

"한겸이한테 칭찬받고 싶었던 거야?"

"칭찬이 아니라! 겸쓰가 없는 말은 안 하잖아요."

"하긴. 전화해서 고생 많다고만 하더라. 진짜 한겸이 뭐 하고 있는 거지?"

그때, 두 사람의 대화를 듣던 수정이 고개를 저으며 입을 열었다.

"김한겸한테 그런 말 들으려면 끝까지 잘해야 되는 거 몰라? 빨리 다음 촬영 어떻게 할 건지 구상이나 해."
"지금까지 밀려 있던 거 다 찍었는데 여유 있잖아. 왜 그렇게 서둘러."
"지금 플리 마켓 이용자 엄청 늘었잖아. 미리미리 준비해 둬야 돼."
"그러고 보니까 이벤트 진행 기간이 겸쓰 대만 갔다 올 때까지네."

HT의 영상 제작도 현재진행형이었다. 기존에 플리 마켓을 이용했던 당첨자들을 전부 찾아다닌 결과, 이제는 조건이 맞는 사람이 나올 때를 기다린 뒤 영상을 제작하면 되었다. 그러다 보니 각자 스토리를 짜서 촬영장에 나눠 가던 것이, 이제는 세 사람이 함께하게 되었다.

"뭘 살지도 모르는데 스토리를 어떻게 짜."
"어떤 캐릭터를 쓸지, 어디하고 어떻게 촬영할지, 그런 거부터 짜놔야 돼. 그리고 단역배우 에이전시도 알아봐야 돼. 이번에도 막바지에 배우 없어서 고생했잖아. 그거 미리미리 준비해서 사무실에 넘겨야지 사무실도 미리 준비해 두지."

"그러네? 똑똑한데?"

"그러니까 내가 만든 광고 '좋아요'가 가장 많은 거야."

"야, 그건 아니지. 조회수랑 댓글은 내가 가장 많잖아!"

가만히 듣고 있던 종훈도 빠질 수 없었다.

"조회수랑 좋아요 비율 보면 내게 최고던데."

"형은 쪼잔해 보이게 그런 거까지 분석해요? 그리고 좋아요가 많다고 해도 광고 하면 뭐니 뭐니 해도 노출이 최고잖아요! 조회수 많은 내가 최고지. C AD의 에이스라고나 할까?"

"노출만 된다고 다가 아니지. 효과를 봐야 하잖아."

"종훈이 형이 숨겨둔 야심을 보이네. 형, 에이스 하고 싶어요?"

"에이스는 무슨. 그냥 우리 C AD 이름 알릴 수 있어서 좋은 거지."

각자 자기가 만든 영상이 최고라고 생각하며 대화를 나눌 때, 범찬의 휴대폰이 울렸다. 번호를 본 범찬은 잘됐다는 듯 두 사람을 보며 웃었다.

"승기한테 어떤 영상이 좋았는지 직접 물어보자! 내가 직접 물어보면 또 인정 안 할 수 있으니까 형이 물어봐요. 일단 전화부터 받고! 어, 승기야!"

―형, 한겸이 형 연락이 안 되는데 혹시 같이 계세요?

"왜 나한테 전화해서 한겸이 찾아. 서운하게!"

―아, 죄송해요. 말씀드릴 게 있어서요.

"뭔데, 나한테 말해."

―그게, 저 계약하기로 했다고요. 일단은 대만부터 계약했어요.

"대만? 무슨 계약?"

―네? 한겸이 형한테 못 들으셨어요? 저 창조자 N 파괴자 해외에서도 서비스하는 거 때문에 물어봤는데.

"어? 진짜? 레알?"

스피커폰을 통해 듣고 있던 종훈과 수정도 입을 쩍 벌릴 정도로 놀랐다.

"지금 연재한 거 얼마 안 되는데 벌써 그런 결정이 났어?"

―네. 아마 대만에서는 밀렸던 거 한꺼번에 올라간 다음 동시에 연재될 거 같아요.

"헐… 어? 그거 다 우리 때문이네."

―맞아요. 형들이 영상 재미있게 만들어줘서 이렇게 됐어요.

"넌 날 평생 은인으로 모셔도 부족하겠다. 그래서 그런데, 영상 중에 어떤 게 가장 마음에 들었어?"

―저는 하나도 빠짐없이 다 좋았어요.

"그래도 더 좋은 게 있었을 거 아니야."

—진짜 다 좋았어요. 웹툰 관계자분도 그러시더라고요. 완결되면 과거 이야기를 에피소드 형식으로 풀어내면 좋을 거 같다고.

"그러니까 그중 가장 먼저 생각이 들었던 거는?"

범찬이 집요하게 묻자 보다 못한 수정이 범찬의 옆구리를 때렸다.

"승기야, 축하해."

—아, 누나. 정말 감사해요.

"그럼 언제부터 나가는 거야?"

—어제 계약해서 자세히는 모르겠어요. 아, 기사는 나간다고 그랬어요.

"하긴 지금 엄청나게 인기니까 기사 내보낼 만도 하겠다. 진짜 축하해."

종훈도 수정의 말에 이어 칭찬을 하고 나서야 전화를 끊었다. 그리고는 범찬을 보며 고개를 저었다.

"축하나 해주지 꼭 그렇게 물어야 속이 시원했어?"

"답은 들어야죠! 누가 가장 C AD를 빛냈냐!"

그때, 사무실 문을 열고 임 프로가 고개를 내밀었다. 임 프로가 기획 팀으로 온다는 사실을 미리 전해 들은 세 사람은 무척이나 반갑다는 듯 임 프로를 맞이했다.

"기획 팀 신입, 임 프로님!"

"아, 아직은 기획 팀 아니죠. 지금도 그거 때문에 온 게 아니라서요. 김 프로님 연락 되세요? 아까까지는 전화가 가긴 했는데, 지금은 아예 꺼놓으셨나 보던데요."

"오늘 왜 이렇게 다 겸쓰만 찾지? 잠깐만요. 제가 전화해 볼게요."

범찬은 곧바로 한겸에게 전화를 걸었다. 하지만 임 프로가 말했던 것처럼 신호가 울리지도 않고 안내 메시지가 들렸다.

"자꾸 전화해서 꺼났나? 방 PD님한테 해볼까요? 그런데 왜 그러세요?"

"대표님이 찾으셔서요."

"무슨 일 있어요?"

"지금 저희 홈페이지 난리 났거든요. 방문자가 폭주하고 있어요."

"어?"

범찬은 이해가 가지 않는다는 표정으로 임 프로를 봤다. 하지만 이내 무언가 떠올랐는지 옆에 있던 팀원들을 쳐다봤다. 그러자 팀원들도 뭔가 뿌듯한 표정을 지으며 고개를 끄덕거렸다.

"맞지? 우리 광고 때문에 우리 회사 홈페이지 찾아오는 거?"

종훈과 수정이 웃으며 고개를 끄덕거리려던 찰나, 임 프로가 손을 저으며 말했다.

"그게 아니라요. 승기 군 웹툰이 해외 진출 한다는 기사가 미친 듯이 나오고 있거든요."
"그러니까 그게 우리 때문이잖아요."
"뭐 그럴 수도 있긴 하죠. 그런데, 그래서 찾아온 게 아니라 해외 진출 하는 제목이 Creator and Destroyer라고 하면서 약자로 CAD라고 소개하더라고요. 기사 보고 검색해서 그런지 우리 회사 홈페이지로 사람들이 몰리고 있어요."

종훈과 수정은 말을 뱉지 않길 잘했다는 표정으로 안도하고 있었고, 범찬은 민망한지 얼굴이 약간 붉어졌다.

"그렇게 많이 와요?"
"네, 업무 마비될 정도예요. 홈페이지 마비돼서 전문가분들하고도 개인적으로 연락하고 있거든요."
"보통 딱 보고 아니다 싶으면 뒤로가기 누르지 않아요?"
"메인화면을 바꿔서 그런지 살펴보는 사람이 많아요."
"그런데 왜 그렇게 웃으세요?"
"하하, 아닙니다. 그래서인지 저희가 만든 광고 올려둔 카테고리까지 보고 가는 사람도 많고요. 박순정 김치부터 최근 영상들까지 올려둬서 본의 아니게 우리가 제작했다는 걸 알리게 됐어요. 대표님이 김 프로님이라면 알고 있었을 텐데 미리 말 안 했다고 지금 화나셨어요."

"와… 이게 우리가 회사 이름 알린 게 아니네……."

"에이, 무슨 그런 말씀을 하세요. 다 세 분이 잘 만드셔서 이렇게까지 된 거죠. 아무튼 전 바빠서 내려가 보겠습니다. 조만간 신입으로 인사드리겠습니다."

임 프로는 서둘러 내려갔고, 세 사람은 서로를 보며 머쓱해하는 표정을 지었다.

"전에 겸쓰가 영어로 번역하면 Creator and Destroyer라고 하더니 진짜 그대로 진출하네."

"참… 이렇게 우리를 홍보하게 됐네. 한겸이가 전에 영문판 나오면 볼만하겠다고 한 거 보면 진짜 알고 있었나?"

"이거 김한겸이 처음부터 계획했던 거 아니겠지? 나 지금 소름 돋아."

세 사람은 믿을 수 없다는 표정으로 서로의 얼굴을 쳐다봤다. 그러고는 아닐 거라는 표정으로 동시에 고개를 저었다.

"홈페이지나 봐야겠다. 뭘 얼마나 들어왔길래 마비가 됐대."

"마비됐다는데 어떻게 봐."

"새로고침 연타해 보고 안 되면 마는 거죠. 겸쓰가 항상 일단 해보자고 그러잖아요."

범찬은 곧바로 C AD 홈페이지에 접속했다. 임 프로의 말처럼 사람이 많아서인지 연결이 지연되고 있다는 메시지만 나오고 있었다. 그리고 잠시 뒤, 새로고침을 한 덕분인지 사무실에서 해결을 해서인지 모르겠지만 홈페이지가 열렸다.

"어! 열렸다. 어? 이게 뭐야? 재밌겠다, 같이 놀자?"

"어? 원래 없었는데? 이거 언제 바뀐 거야? 아! 이제 이해가 되네. 대표님이 자꾸 놀고 있냐고 물어본 게 이거였네!"

"오빠한테도 그랬어요? 난 우리끼리 기획하고 제작해서 그래서, 초조해서 그러나 했는데. 이거 때문이었네."

"그래도 뭔가 우리하고 맞는 거 같고 그러지 않아? 겸쓰가 만들었나?"

"재밌겠다. 같이 놀자. 재미있어 보이긴 하네."

그때, 범찬의 휴대폰이 울렸다. 번호를 확인한 범찬은 곧바로 통화 버튼을 누르며 소리쳤다.

"넌 왜 전화를 꺼놔! 어디야!"

─회사야?

"내가 어디냐고 물어봤잖아! 너 할 말만 하지 말고 소통을 좀 해!"

─어, 나 지금 회사 가고 있어. 회사지?

"어, 뭐 하고 다니냐?"

—확인할 게 있었어. 지금 가고 있으니까 가서 봐.

"알았어. 아, 맞다. 홈페이지 이거 괜찮더라. 놀고만 있었던 건 아니네?"

—아, 그거 임 프로님이 만드신 거야. 그거 보고 기획 팀으로 영입한 거야. 아무튼 나 거의 다 와 가니까 가서 봐.

한겸은 할 말만 하고 전화를 끊어버렸고, 범찬은 고개를 돌려 종훈과 수정을 쳐다봤다.

"이 카피 임 프로님이 짠 거래. 그래서 영입한 거고. 아! 그래서 아까 홈페이지 얘기할 때 실실 웃었던 거네."

"와… 임 프로님 대단하시네."

수정은 한참이나 말없이 모니터를 쳐다봤다. 그러고는 갑자기 열의에 불타오르는 표정으로 세 사람을 불러 모았다.

"놀고 있을 시간 없어. 빨리 모여."

"야, 넌 칭찬도 좀 하고 그래라. 그러니까 승기가 만화에서도 그렇게 쌀쌀맞게 그렸지."

"쌀쌀맞은 게 아니라 현실을 본 거야. 다들 임 프로님한테 밀리기 싫으면 미리미리 아이디어 짜내. 김한겸이 우리가 친구라고 봐주고, 신입 들어온 지 얼마 안 됐다고 일 안 시키고 그럴 거 같아?"

수정의 말을 들은 범찬과 종훈은 흠칫 놀라며 서로를 봤다.

"겸쓰라면 무조건 실력 위주겠죠……?"
"그렇겠지… 그러니까 홈페이지도 바꿔 버렸겠지."
"아오! 형 뭐 해요! 빨리 와서 앉아요! 방수정 너도 빨리!"

세 사람은 그 어느 때보다 열의에 가득 찬 표정으로 머리를 맞댔다.

*   *   *

한겸은 무척 뿌듯한 표정으로 회사에 들어섰다. 며칠 동안 작업한 결과물을 팀원들에게 먼저 보여주려고 계단을 올라가려 할 때, 1층 사무실 문이 열리더니 우범이 손가락을 내밀었다.

"김한겸! 너는 미리 말을 해줘야 할 거 아니야!"

우범이 자신의 이름을 부르는 건 상당히 오랜만이었기에 무슨 일이 있는 건가 싶었다.

"무슨 일 있어요?"
"Creator and Destroyer! CAD!"
"아, 승기 해외 진출 결정됐어요?"

"역시 알고 있었군."

"며칠 전에 조언을 구하길래 그냥 얘기한 게 단데."

"그거 때문에 홈페이지도 마비됐고, 우리도 제대로 일을 할 수가 없다. 미리 얘기를 해줬으면 우리도 대비를 했잖아."

한겸은 얼떨떨한 표정으로 우범을 봤다. 그러고는 우범이 이러는 이유를 가만히 생각했다. 팀원들이 그렇게 광고를 내보냈는데도 C AD가 언급된 적은 없었기에 승기의 일로 C AD 회사 업무가 마비될 일이 없었다. 홈페이지까지 마비될 일이라면 한 가지뿐이었다.

"아! 혹시 사람들이 오해하고 홈페이지 찾아온 거예요?"

"그래! 알고 있었으면 미리 알려줬어야지."

"저도 몰랐죠. 그냥 설마 했는데 진짜 이렇게 됐네."

"넌 설마 하는 생각까지 전부 알려."

한겸은 어색하게 웃으며 고개를 끄덕거렸다. 승기가 신입 작가이다 보니 결과를 예상할 수 없었다. 추측도 아니고 설마 하는 생각이었는데 설마가 현실이 되어버렸다.

"후, 그래도 대중들한테 우리 이름은 확실히 각인되었다. 문제는 기업들한테 오는 연락을 못 받는다는 거지."

"다음에는 꼭 말할게요."

"그래. 그런데 방 PD님하고 실험한다는 건 잘된 거고?"

"네, 생각보다 오래 걸리긴 했는데 좋더라고요. 올라갔다가 내려와서 보고드릴게요."

"그래. 표정 보니 잘된 거 같군."

한겸은 웃으며 인사를 하고는 곧장 기획 팀으로 향했다. 한겸은 기대된다는 표정으로 문을 열었다. 그러자 사무실 가운데 놓인 테이블에 모여 있던 팀원들이 보였다.

"업무 시간에 어딜 다녀오는 거야!"

"업무 보고 왔지. 다들 엄청 오랜만에 봐서 그런지 뭔가 어색한 느낌인데? 셋이 머리 맞대고 있어서 그렇게 느껴지는 건가?"

"우리 살아남으려고 발버둥 치고 있는 거야."

"그게 무슨 말이야."

"넌 몰라도 돼. 그보다 뭐 하고 왔어."

세 사람이 아이디어 회의를 하는 모습을 보자 뿌듯한 느낌도 들었고, 전보다 더 믿음이 생겼다. 한겸은 뿌듯한 미소를 지으며 빈자리에 앉았다.

"나도 나름대로 열심히 일했어."

"아직 대만 가지도 않았는데 무슨 일을 해?"

"안 그래도 그거 보여주려고 그랬어. 잠시만."

한겸은 가방에서 노트북을 꺼내고선 테이블에 올려두었다. 그러고는 모니터를 보며 히죽거리고 웃었다.

"뭐 했는데 그렇게 신났어."

"응, 짧은데 한번 봐! 권 PD님하고 방 PD님이 진짜 고생하셨어."

"또 오중 오빠 붙잡고 있었어?"

"응. 권 PD님이 전문가라고 하더라고. 잘 봐."

한겸은 팀원들을 향해 노트북을 돌렸고, 팀원들은 보기 전에 숨부터 크게 들이마셨다. 한겸이 저렇게 만족해하는 모습을 보일 때면 항상 상상 이상의 것을 보여주었기에 미리 마음의 준비를 해야 했다. 아니나 다를까, 노트북을 본 팀원들은 아무런 말도 하지 못하고 눈만 껌벅거렸다.

"어때? 괜찮지?"

정적을 깨는 한겸의 질문에 팀원들은 그제야 입을 열었다.

"겸쓰가 말한 대로네… 이게 됐어……?"

"와… 난 처음에 그냥 모자이크인 줄 알았어."

"지금 생각해 보니까 모든 게 딱딱 들어맞네. 김한겸이 포토 모자이크 한다고 그러더니 갑자기 우리한테 일 시켰잖아."

한겸은 웃으며 고개를 저었다.

"아니야. HT 일이 그다음에 들어오긴 했는데, 나도 거기까지 생각한 건 아니야. 너희들이 생각보다 영상을 많이 제작해서, 그 걸 보다가 가능할 거 같아서 한 거야. 어때?"

"어떻긴 뭘 어때. 도대체 이걸 어떻게 만든 거야? 이거 책 펼 치는 거까지 네가 만든 거야?"

"난 옆에서 봤고 권 PD님이 만드셨어. 좀 길게 하고 싶었는데 시간이 없어서 이 정도로만 했어. 괜찮지?"

"와… 우리 영상들도 움직이고 있어서 그런지 캐릭터가 계속 움직이는 거 같냐."

"움직이는 거 맞아. 짧긴 해도 표정 보면 약간 변하는데, 거기 에 맞춰서 영상 위치도 변하고 그래."

세 사람은 몇 번이나 영상을 돌려봤다. 불과 3초 정도밖에 안 되는 영상이 팀원들의 정신을 빼놓았다. 한겸은 팀원들을 보며 만족하고 웃었다. 3초 전부 다 색이 보이는 건 아니었다. 그래도 마지막 1초 정도에서 색이 보였다. 수많은 영상으로 만든 하나 의 캐릭터에서 색이 보이니 분트 광고에서도 색이 보일 수 있다 는 희망을 갖게 되었다. 그때, 모니터를 보던 세 사람이 갑자기 서로의 생각을 묻는 듯 눈을 맞췄다. 그러고는 동시에 입을 열 었다.

"겸쓰, 이거 우리가 한다? 영상 다 찍고 마지막에 하면 대박이 겠어."

"안 돼. 그거 분트 광고에 사용할 거야. 너희들은 너희가 아이디어 내서 해."

"어? 뭐야. 지금 선 긋는 거야? 그러지 말고 우리가 하자. 우리가 남이가!"

"남이지. 다들 잘하더만."

"어?"

"다들 잘한다고. 아무튼 다들 좋다고 해서 그런지 이제 마음이 좀 놓인다. 내가 이거 보여주려고 잠도 안 자고 왔거든."

"이걸 우리한테 보여주려고?"

범찬이 되묻자 한겸은 범찬을 보며 어이없다는 표정으로 말했다.

"그럼 내가 누구한테 보여줘. 당연히 우리 팀한테 보여줘야 되는 거 아니야? 아무튼 다들 괜찮다고 하니까 이제 좀 긴장이 풀리네."

한겸이 마음이 놓인다는 듯 숨을 뱉었다. 팀원들은 그런 한겸을 가만히 쳐다봤다. 자신들도 한겸에게 평가를 듣고 싶어 기다리고 있었는데 한겸도 같은 마음이었단 걸 알자 기분이 오묘했다. 범찬은 뭔가 멋쩍은 기분에 괜히 한겸의 어깨를 툭 쳤다.

"아, 왜 때려."

"아! 그렇다고 너도 때릴 필요 없잖아! 이 멋대가리 없는 놈아!

어휴."

그 모습을 보고 있던 수정은 고개를 저었다.

"저럴 때 보면 꼭 애들 같아. 아무튼 잘됐다니 다행이네. 그리고 홈페이지, 임 프로님이 카피 짜신 거 맞아?"
"어. 괜찮지? 보자마자 좋더라고. 우리하고 딱 맞고."
"너희 둘이 하는 짓 보면 놀고 있는 거 같기도 하고 딱 어울리네. 그럼 신입 직원들은 언제부터 오는데?"
"다음 주 월요일부터. 안 그래도 그 얘기 하려고 그랬어. 임 프로님은 나랑 대만 같이 갈 거야. 다른 세 분은 각자 한 명씩 담당해."
"대만 언제 가는데?"
"분트 직원들하고 계약하고 교육하는 거 확인하려면 화요일에 가니까 인사는 할 수 있어."
"또 얼마나 열심히 하려고 그렇게 일찍 간대. 촬영 기간도 2주 잖아."
"다들 잘 만들었는데 나도 잘 만들어야지."

한겸은 웃으며 팀원들을 쳐다봤다.

*　　　　　*　　　　　*

다음 주가 되자 신입 직원들이 출근했다. 한겸은 간단한 인사를 하고는 임 프로와 함께 출장 준비를 하느라 바빴다. 사무실과 기획 팀을 왔다 갔다 하느라고 그들을 챙길 겨를이 없었다. 준비를 하느라 점심시간이 훌쩍 지나서야 겨우 식사를 하러 가고 있었다. 임 프로와 함께 1층으로 향하던 중 임 프로가 웃으며 입을 열었다.

"저 분위기 아주 숨 막히네요. 밥은 어떻게 먹었는지 모르겠어요."

"그러게요. 범찬이까지 저럴 줄은 몰랐는데 의외네요."

"최 프로님도 누굴 가르쳐야 하는 건 처음이니까 그러시겠죠."

"뭘 가르쳐요. 같이 일하는 거지."

"기본적인 업무는 가르쳐야 하잖아요. 다들 이쪽 일을 하고 오신 분들이 아니잖아요. 아까 보니까 인테리어 하다 오신 분도 계시고 한 분은 공인중개사시고, 또 한 분은 학원강사 하셨잖아요."

"원래 광고계가 광고 전공 많진 않잖아요."

"그렇긴 해도 일단 부사수가 들어오면 가르쳐야 한다는 것 때문에 은근히 부담되거든요."

"그런가. 임 프로님도 처음에 회사 오셨을 때 저렇게 어색하셨어요?"

"전 어색할 틈이 없었죠. 오자마자 일이 산더미 같아서, 일하면서 친해진 거죠. 대표님이 그런 건 잘하시는 거 같아요."

한결도 어색함을 풀어야 했기에 우범이 썼던 방법이 궁금했다.

"대표님이 어떻게 하셨는데요?"

"저희가 처음 들어왔을 때가 한창 한국 분마 진행될 때였거든
요. 그때는 대표님이 말도 많이 안 하셨어요. 장소 섭외나 거래
처가 필요하면 섭외하라고 하셨거든요. 그래서 보고서를 가져가
죠? 그런데 나중에 보면 다른 곳이랑 계약이 되어 있어요."

"왜요?"

"보고 마음에 안 들면 자기가 알아보고 바꾸는 거예요. 진즉
에 알려주든가. 아! 이건 그냥 그때 그랬다는 속마음이니까 못
들으신 걸로!"

"하하, 알았어요."

"아무튼 그런 걸 몇 번 겪다 보니까 직원들끼리 서로 의견을
묻게 되더라고요. 그러다 보면 더 좋은 결과를 내놓을 수도 있
고 능률도 오르고요. 무엇보다 같이 일한다는 느낌 때문인지 친
해지더라고요. 이제 중요한 일은 대부분 서로 의견 들으면서 진
행하고 있어요."

"오… 하긴 대학교 다닐 때도 조별 과제 하면 금방 친해지니까
그렇겠네요."

"그렇긴 하죠."

지금 진행하는 일이 있으면 쉽게 친해질 수 있었을 텐데 당장
은 아무것도 없었다. 분트의 일은 계획이 잡혀 있는 상태였고,
HT의 일은 진행 중이기는 해도 당첨자가 나와야 진행이 가능

했다. 진행 중인 일이 있으니 그렇다고 새로운 광고를 받을 수
도 없었다.

"간단한 게 있으면 좋겠는데."
"뭐, 그래도 최 프로님도 익숙해지면 금방 친해지시겠죠. 그
나저나 여긴 왜 문을 닫았을까요. 같은 건물이라서 커피 마시기
딱 좋았는데. 여기 커피숍 문 닫아서 이제 저기 건너편까지 가
야 돼요. 아! 저기 법원 바로 앞에 씨드스타가 생겨서 장사가 안
됐나?"
"그래도 우리는 여기서만 먹지 않았어요? 하긴 우리 말고는
손님이 없었던 거 같네요. 우리만으로는 부족했었나 봐요."

한겸은 문 닫힌 커피숍을 한번 쳐다보고선 걸음을 옮겼다. 근
처 식당에서 간단하게 식사를 한 뒤 다시 서둘러 회사로 돌아
오던 중, 커피숍에 들어가려던 주인이 보였다. 그러자 임 프로가
주인에게 먼저 인사를 건넸다.

"어, 사장님. 안녕하세요."
"아! 안녕하세요."
"이게 무슨 일이에요. 가게를 왜 그렇게 갑자기 닫으셨어요."
"그렇게 됐어요. 저희 가게 자주 이용해 주셔서 인사라도 드렸
어야 했는데. 커피라도 대접해 드리고 싶은데 볶아놓은 원두가
없어서 아쉽네요."
"말씀만이라도 감사합니다. 그런데 어디 다른 데로 옮기시는

거예요?"

"아니요. 이제 돈도 없어서요. 다른 일을 알아봐야죠."

"장사가 그렇게 안 됐어요?"

커피숍 주인은 멋쩍게 웃으며 입을 열었다.

"원래 진즉 닫았어야 했는데 C AD분들 덕분에 조금 더 버텼던 거죠. 그리고 빌딩 주인분도 사정을 많이 봐주셨고요. 지금도 다른 곳 온다고 할 때까지 장사하고 있으라고 하시더라고요."

"그런데 왜 문을 닫으세요. 조금 더 해보시죠."

"저기 씨드스타가 생겨서 더 버틸 수가 없더라고요."

가만히 듣고 있던 한겸은 문득 궁금해졌다.

"오로지 문을 닫는 이유가 손님이 없어서인가요?"

"그렇죠. 전 커피만큼은 자부심이 있었는데 현실은 그렇게 되지가 않더라고요."

"이상하네. 전 사실 커피 재떨이 냄새 나서 별로 좋아하지 않는데, 사장님 커피는 그렇지가 않아서 좋더라고요. 그런데도 장사가 안 되는 게 신기하네요."

"말씀만이라도 감사하네요. 그게 다 이름값이죠. 원래 신선한 커피는 쓴 맛이 기분 좋게 왔다가 뒤끝 없이 사라지죠. 그 맛을 느끼게 해드리려고 매일같이 로스팅을 했는데도 유지할 수가 없네요."

"그럼 홍보가 부족했던 거 같은데. 저희한테 의뢰하지 그러셨어요."

"어휴, 마음이야 굴뚝같았죠. 그런데 직원분들 가끔 하시는 말씀 들어보면 몇십억 이렇게 말씀하시는데, 엄두가 안 나죠. 전단지 만들 비용으로 조금 더 나은 커피를 만들어 제공하면 될 줄 알았습니다."

주인의 말을 듣던 한겸은 임 프로를 물끄러미 봤다. 임 프로는 한겸의 눈빛을 읽었지만 자신은 판단하기 어렵다는 듯 어깨를 으쓱거렸다. 그 모습을 보던 한겸은 다시 생각을 하더니 주인을 물끄러미 쳐다봤다.

*　　　　*　　　　*

임 프로는 아무 말도 없이 무언가를 생각하는 한겸을 보며 불안한 듯 고개를 저었다. 같은 건물에 있던 커피숍이 문을 닫는 게 안타깝기는 했지만, 나서서 도와줄 필요는 없었다. 광고를 해준다고 해도, 커피숍이 작은 규모이기도 하고 무엇보다 지금도 버티기 힘들어서 문을 닫으려 하는데 광고비는 턱도 없을 것이었다. 그때, 한겸의 입이 열렸다.

"가게 안 나가고 있죠? 혹시 한 달 정도 더 버텨보실래요?"

커피숍 주인은 한겸이 한 말을 이해했는지 순식간에 얼굴 표정이 밝아졌고, 임 프로는 자신의 예상대로 흘러가는 상황을 보며 우범에게 보고를 해야 하는지 아니면 자신이 말려야 하는지 고민하기 시작했다.

"저희가 홍보를 맡아드릴게요."
"저희 커피숍을요⋯⋯?"
"네. TV 광고는 힘들고요. 전단지를 제작해 드릴게요."

주인은 마치 빛을 본 것 같은 환한 얼굴이었다. 하지만 주인의 표정에는 이내 다시 그늘이 졌다. 마음은 고맙지만 냉정하게 보면 힘들었다.

"네⋯⋯? 그것도 감사하긴 한데⋯ 제가 광고비를 드릴 수가 없어요. 한 달을 더 하게 되면 다시 보증금을 내야 하고 월세도 내야 하거든요."
"이대로 그만두기보다 할 수 있는 건 해보고 그만둬야 후회가 없지 않을까요? 그리고 광고비는 다른 걸로 받을게요."
"네⋯⋯?"
"아메리카노가 3,000원이었죠? 그럼 저희 직원이 매일 먹으면 한 50,000원 정도 되겠네요. 그러면 두 달! 두 달 동안 저희 회사 직원들에게 아메리카노를 무료로 제공하는 걸로 대신하죠. 포스터만 제작하면 한 달이면 되는데, 아무래도 다른 것도 좀 필요할 거 같거든요."
"아⋯⋯."

가만히 듣던 임 프로도 혹했다. C AD의 포스터 평균 제작비
와 비슷한 가격이었다.

"어떻게 하실래요?"
"생각할 시간을 좀 주시면 안 될까요?"
"제가 시간이 없어요. 내일부터 출장이라서 빠르게 대답해 주
셔야 돼요. 음, 전 한번 해보시는 걸 추천해 드려요."

커피숍 주인도 커피숍을 그만두고 싶지 않았지만 어쩔 수 없
이 문을 닫는 걸 선택했다. 여전히 미련이 남아 있었기에 한겸의
더 해보자는 말이 무척이나 달콤하게 느껴졌다. 그래도 쉽게 결
정하지 못하고 있던 중, 앞에 있는 한겸의 표정이 보였다. 자신
과 상관이 없다고 느껴서인지, 아니면 자신이 있어서인지 모르겠
지만 무척이나 평온했다. 그 모습을 보자 주인은 자신도 모르게
웃음이 나왔다.

"한 달……. 휴, 알겠습니다! 한번 해보죠! 당장 할 것도 없고,
만약에 실패해도 한 달 정도는 휴식했다고 생각하겠습니다!"
"잘 생각하셨어요. 저희 회사 직원분이 오실 거니까 잠시 계세
요."

그 말을 끝으로 한겸은 커피숍을 나왔다. 그러고는 곧바로 회
사로 성큼성큼 걸음을 옮겼고, 임 프로는 그런 한겸의 뒷모습을

신기하게 바라보며 쫓아갔다. 바로 옆에서 한겸과 함께하다 보면 가끔 무슨 생각인지 알기가 어려웠다.

"저, 김 프로님!"

"네?"

"대표님이 허락하실까요……? 괜히 사장님한테 희망을 준 게 아닐까 해서요."

"그게 저희 일이잖아요. 다 장사 잘되면 저희가 왜 필요해요. 그리고 대표님도 허락하실 거예요."

"무슨 생각이 있으신 건가요?"

"아니요. 저희는 대만 가니까 남아 있는 기획 팀한테 맡겨야죠."

"그건 저도 그럴 거 같긴 했는데……."

한겸은 피식 웃고는 곧바로 사무실로 들어갔다. 그리고는 곧바로 우범의 자리로 가더니 다짜고짜 말을 했다.

"대표님, 기획 팀 일 하나 했으면 하는데요."

"음? 무슨 일? 우리가 건네준 건 아무것도 없는 거 같은데?"

"그거 말고 여기 바로 옆에 우노 커피요."

한겸은 커피숍에서 나눴던 대화를 우범에게 전했고, 우범은 한겸의 설명을 끊지 않고 가만히 들었다. 잠시 뒤 모든 설명을 들은 우범은 피식 웃었다.

"간단한 일이긴 하군. 게다가 성공 확률도 높아 보이고. 커피로 대신하는 게 조금 걸리긴 하지만."

"커피 사 먹으러 멀리 가지 않아도 되고요. 괜히 커피머신 사면 관리도 해야 되고 번거롭기도 하고 그렇잖아요."

"그렇긴 하다. 그럼 한번 진행해 보지."

임 프로는 어딜 봐서 괜찮다는 건지 도무지 이해가 가지 않았다. 대화를 듣고 있으면 자신만 바보가 된 기분이었다.

"저! 대화 중에 죄송한데 너무 궁금해서요. 만약에 광고를 했는데도 장사가 안 되면 커피숍 사장님도 타격을 입는 거고 저희도 헛고생하는 일 같아서요. 도대체 어딜 봐서 성공 확률이 높아 보인다는 건지 말씀해 주실 수 있을까요?"

"음? 조금 전에도 김 프로가 말했던 거 같은데요."

"뭘요?"

"커피 맛에만 신경 썼지 홍보를 해본 적이 없다고 말하지 않았습니까?"

"네? 전단지 돌리는 곳이 전부 성공하는 건 아니잖습니까."

"그만큼 효과가 있으니까 상점들이 계속 전단지로 홍보를 하는 거겠죠? 그리고 커피숍이 계속해서 홍보를 하고 있었다면 모를까, 한 번도 하지 않았던 곳은 전단지만 돌려도 효과가 있을 겁니다. 그리고 우리가 맡으면 성공 확률은 더 높고요. 그건 임 프로님이 더 잘 아실 텐데요?"

포스터를 제작한 상점이나 회사들의 매출 변동을 조사하는 것도 사무실 업무 중 하나였다. 모든 포스터가 그런 건 아니었지만, 상당히 많은 회사의 매출에 변화가 있었던 건 사실이었다. 그 부분을 지적당한 임 프로는 어색한 미소를 지었다.

"기획 팀에 가서 부담감이 심합니까?"

"아! 아닙니다."

"하던 대로 하시면 됩니다. 편안하게 놀면서 하세요."

임 프로는 자신도 모르는 사이에 잘해야 된다고 생각하고 있었던 것 같았다. 같이 놀자는 카피도 자신이 만들었는데, 자신만 놀지 못하고 있었던 같아 조금 부끄러워졌다. 한편으로는 그 짧은 대화에서 계산을 마치고 성공할 수 있다고 판단한 두 사람이 대단해 보였다.

우범은 임 프로를 보며 가볍게 웃더니 한겸에게 말했다.

"바로 계약하지. 사무실에는 네가 바로 얘기해라. 그리고 이만 퇴근해."

"방 PD님한테 준비 다 끝났다는 말만 듣고 가려고 했어요. 내일 아침 비행기라 새벽에 나와야 하거든요."

"재밌게 놀고. 임 프로님도 잘 놀다 오세요."

한겸은 웃으며 임 프로와 함께 기획 팀으로 올라갔다. 기획 팀은 여전히 어색한 분위기가 흐르고 있었다. 한겸은 팀원들을 보며 피식 웃고는 크게 외쳤다.

"다들 모여 보세요. 어, 이제 테이블이 좀 좁네. 의자 가져와서 앉으세요."

다른 때 같았으면 이유부터 물었을 팀원들이 어색한 분위기를 벗어날 수 있다고 생각했는지 아무 말도 없이 테이블에 모였다. 한겸은 그런 팀원들을 보며 피식 웃고는 입을 열었다.

"일 하나 따 왔거든?"
"어? 일? 지금 우리 맡고 있는 건?"
"큰 거 아니고 HT 진행하기 전에 하면 될 거야."

한겸은 팀원들을 불러 모아놓고 커피숍에 대한 얘기를 설명했다.

"이거 다 같이 맡아봐요. 너무 쉽게는 생각하지 말고요."

설명을 마친 한겸은 신입 직원들부터 살폈다. 광고 일을 했던 사람들이라면 별일 아니라고 생각했을 텐데, 다들 광고 일이 처음이다 보니 긴장하고 있었다. 한겸은 이어 기존의 팀원들을 살폈다. 그러다가 어이가 없다는 표정으로 자신을 보던 범찬과 눈이 딱 마주쳤다.

"지금 내가 잘못 들은 거 아니쥬?"

"말투가 왜 그래?"

"죽은 상권을 살려내라고 하는 걸 보면 우리를 백 선생님으로 아는 거 같아서 그런 거쥬."

"여기가 상권이 왜 죽어."

범찬의 성대모사 덕분에 신입 직원들의 긴장이 조금 풀어졌는지 표정이 조금 편안해졌다. 그러자 장난치듯 말하던 범찬이 피식 웃더니 원래대로 돌아왔다.

"그냥 전단지는 아닐 거 아니야. 컨설팅, 솔루션이 다 들어간 전단지가 필요한 거잖아. 그러니까 꼭 식당 솔루션 하는 거 같지. 이건 우리보다 동네 식당에 의뢰해야 되는 거 아니냐?"

"커피는 맛있으니까. 그래서 맡은 거야."

"그건 인정. 그럼 우리가 뭘 어떻게 해야 되는데. 생각해 놓은 거 있지?"

"나도 모르지. 지금쯤 계약하고 있을 테니까 조금 이따가 내려가서 직접 사장님한테 들어."

가만히 듣고 있던 수정은 한겸을 물끄러미 보며 입을 열었다.

"너, 진짜 이상하다. 왜 자꾸 선을 긋는 느낌이 드는 거지?"

"무슨 말을 하는 거야. 우리 팀을 믿으니까 그러는 거지. 아무튼 재밌게 해봐. 세 분도 파이팅!"

"열심히 하겠습니다!"

그때, 마침 방 PD로부터 준비가 끝났다는 연락이 왔다. 빠질 타이밍을 보고 있던 한겸은 잘됐다는 듯 웃으며 자리에서 일어났다.

"임 프로님, 저희는 이만 가요. 2주 넘어서야 다시 보겠네요. 그럼 다들 수고하세요. 형이랑 너희도 수고하고. 아! 아니다. 재밌게 놀고."

한겸은 팀원들에게 일을 던져놓고선 사무실을 나와 버렸다. 그러자 따라 나오던 임 프로가 무척 궁금하다는 표정으로 입을 열었다.

"김 프로님! 김 프로님이 생각하신 건 뭐예요?"

"네? 없는데요?"

"에이, 있으시잖아요."

"있긴 있는데 일부러 신선한 커피 정도밖에 생각 안 했어요."

"네? 왜요?"

"팀원들한테 맡기려고요. 임 프로님이 그러면서 친해지는 거라고 하셨잖아요."

"아······."

한겸은 기대된다는 표정으로 회사를 나섰다.

*   *   *

다음 날. 대만에 도착한 한겸은 곧바로 분트의 직원들부터 만났다. 고객들에게 피해를 끼치지 않기 위해 기본적인 교육을 받아야 했고, C AD에서도 캐셔들에게 촬영할 때 주의점이나 신경 써야 될 부분을 설명했다. 서로가 교육을 받다 보니 시간이 훌쩍 지나가 버렸다.

"김 프로! 모자 어때? 내 아이디어 괜찮지?"

"진짜 좋았던 거 같아요. 얘기만 들었을 때는 불편하지 않을까 했는데 오히려 더 좋네요. 챙이 받침 역할도 해주고."

"팔이나 몸이면 모를까 이마에 카메라 달고 있으면 얼마나 웃기겠어. 잘못하면 웃음거리가 될 수도 있을 거 같아서 생각해 봤지."

"그 부분까지는 생각 못 했는데 감사해요."

"그럼 후발대한테 이거까지 준비해 오라고 한다?"

"네, 그렇게 하세요."

한겸은 만족스러운 듯 웃었다. 그러자 방 PD가 한겸을 가만히 보더니 입을 열었다.

"갈수록 여유가 넘치네."

"당연히 그래야죠. 그리고 준비도 많이 했잖아요."

"아! 맞다! 내가 그 고생을 잊고 있었네. 어휴… 그런데 확실히 좋긴 좋더라."

"그렇죠? 생각했던 거보다 잘 나왔어요."

"그렇게 고생했는데 당연히 잘 나와야지. 그런데 너무 준비를 많이 해서 그런지 나도 마음이 여유롭네. 그렇다고 교육받아야 되니까 늦게 올 수도 없었고. 분트가 이런 거 보면 은근히 까다로워. 휴, 이제 뭐 하지? 대만 그렇게 오고도 관광지 못 가봤는데 관광이나 좀 할까?"

한겹도 휴식이 필요하던 참이었기에 고개를 끄덕거리려고 할 때, 한쪽에서 휴대폰을 만지고 있던 임 프로가 갑자기 엄청 웃으며 다가왔다.

"김 프로님!"

"왜 그러세요?"

"하하하, 제가 오늘 일정 보고하려고 전화했는데 대표님 목소리가 들뜬 거 같더라고요."

"왜요?"

"크크, 그래서 제가 장 프로님한테 전화해서 물어봤더니 지금 기획 팀 난리도 아니래요."

"네?"

"대표님이 마음껏 놀라고 했다고, 기획 팀이 말도 안 되는 기획 진행하고 있대요."

"뭘 하고 있다는데요?"

임 프로는 콧구멍까지 씰룩거리더니 크게 웃었다.

"커피 배달 하고 있다는데요."
"이유가 있겠죠."
"그건 아직 얘기 안 했대요. 그냥 기획 팀 모두가 커피 들고 주변 가게들 찾아다니고 있대요. 그렇게 홍보하려는 건 아니겠죠?"

한겸도 무슨 생각으로 배달을 하는 건지 걱정됐지만 팀원들이라면 생각이 있을 거라고 생각했다.

*　　　*　　　*

우범은 기획 팀에서 보낸 기획안을 보며 미소를 지었다. 시간이 걸릴 거라고 생각했는데 하루 만에 기획안을 작성해 왔다. 전체적인 내용도 상당히 괜찮았다. 다만 의욕이 너무 넘치고 있었다.

"아직도 커피 돌리고 있습니까?"
"나 프로님하고 새로 온 구 프로님은 지금 커피숍에 계시더라고요. 나머지 분들은 여전히 돌리고 계신 거 같습니다."
"엉뚱하기는 참."

"제가 아까 나 프로님한테 슬쩍 물어보니까 저희가 광고비 대신 커피 받기로 해서 직접 돌린다고 하시더라고요. 그래도 생각보다 괜찮은 거 같은데요. 김 프로님 없어서 조금 걱정했는데 지금 것도 은근히 괜찮아 보이더라고요. 아무래도 신입분들보다는 원래 기획 팀원분들이 주도하는 거 같습니다."

"후후, 그건 아닐 겁니다."

우범은 다시 기획안을 보며 피식 웃었다.

"조사는 제대로 했더군요. 매장 선택의 가장 중요한 요소가 유동 인구죠. 사람의 기척이 느껴지는 곳이 가장 필수 조건이죠."

"기척이요?"

"네, 장 프로님은 회사에서 야식 시켜 먹을 때 어떤 걸 기준으로 삼죠?"

"일단 먹고 싶은 메뉴를 고르고 그중 리뷰가 가장 많은 곳에서 주문을 하죠."

"그게 기척이죠. 어떤 장사를 하든 사람의 기척이 가장 중요해요. 아마 그 점부터 노렸을 겁니다. 사람이 많이 다녀가고 있다는 걸 직접 보여주려는 거죠. 그건 아마도 공인중개사 하시다 온 박승철 씨 의견이 들어간 걸로 보입니다."

"그런 걸까요?"

"아마도요. 건물을 옮길 수 없는 노릇이니. 박승철 씨가 그 부분을 지적했고, 기존 멤버들이 아이디어를 뽑아냈겠죠."

장 프로가 고개를 끄덕거릴 때, 종훈이 사무실 문을 열고 들어왔다.

"혹시 아직 안 왔어요?"
"아직 안 왔습니다. 오면 바로 알려 드릴게요."

종훈이 질문을 마치고 나가려고 할 때, 우범이 종훈을 손짓해 불렀다.

"하실 말씀 있으세요?"
"시트지까지 직접 붙이려고?"
"붙이는 건 금방이에요. 오리는 게 문제라서 그렇죠. 그래도 처음에만 저희가 오리고 나머지는 우노 사장님이 하실 거예요."
"그건 누구 아이디어지?"
"저희가 어제 회의하면서 나온 아이디어예요."
"자세히 묻는 거다. 나한테 딸랑 이거 던져주고 진행하고 있으니까 묻는 거다."
"HT에서 곧 제작해야 될 거 같다고 그래서 급해서요. 그런데 아까 괜찮다고 하셔서 진행한 건데."
"괜찮긴 하지. 그냥 궁금해서 묻는 거다."

종훈은 잠시 기획안을 힐끔 보더니 입을 열었다.

"기둥을 잡은 건 수정이가 잡았어요. 수정이가 항상 기업들 조사를 해서 그런지, 확인해 보니까 우노만의 특별함만이 없다고 그러더라고요. 그래서 브랜드아이덴티티 먼저 정해야 할 것 같았어요. 일단 그걸 정하고 시작을 했어요."

"그게 비밀스러운 카페라서 Secret이고? 그건 아마도 나 프로가 의견을 냈겠지?"

종훈은 멋쩍게 웃더니 말을 이었다.

"아무래도 법원 근처니까 남들한테 말하기 어려운 걸 떠안은 사람들이 많을 것 같더라고요. 안 좋은 일일 수도 있는데, 만약에 제가 커피숍을 가면 혼자 있고 싶을 거 같았어요. 그래서 테이블은 아예 하나를 빼고, 테이블 사이마다 얇은 방음판을 설치하기로 했어요."

"그건 구대승 씨 아이디어겠고."

"어? 어떻게 아셨어요?"

"그럴 거 같았다. 계속 설명해 봐."

"네. 그런데 범찬이가 망하기 딱 좋다고 그러더라고요. 정확히는 마약 거래소 만들려고……."

"그건 됐고."

"아무튼 장사에서 가장 중요한 건 사람 냄새가 나야 된다는 의견이 나왔어요."

"박승철 씨지?"

"어?"

종훈은 흠칫 놀라더니 사무실 이곳저곳을 둘러봤다. 그러자 우범이 웃으며 말했다.

"CCTV는 복도에만 있으니까 걱정하지 마라. 그냥 신상 정보 보고 그럴 거라고 생각했다."

"아… 아무튼 박 프로님이 부동산을 하셔서 그런지 계륵 상권이라고 하더라고요. 회사가 들어오긴 좋은데 상가로서는 빵점이라고요. 그래서 Secret 카페로는 적당한데, 장사는 안 될 거라고 그러셨어요. 그런데 범찬이가 누가 다녀갔는지 이름이라도 적어놓으면 좋을 것 같다고 그러더라고요."

"Secret 카페인데 이름을 적어둘 수는 없었을 테니, 대상 고객을 넓혀서 주변 변호사, 법무사 같은 사무실을 공략한 거군. 그래서 카페 창에 시트지로 사무실 이름들을 붙여놓을 생각이고."

"그렇죠. 근처 사무실들도 우노 커피숍을 이용해서 홍보할 수 있으니까요. 그리고 혹시나 한 번 오고 안 오는 사무실이 있을 수 있으니까 뗐다 붙일 수 있는 시트지로 주문했어요. 창에 붙이는 것도 한 달마다 리셋되거든요. 그건 구 프로님이 직접 붙여주신다고 했고요."

우범은 기획안에 메모까지 하며 설명을 들었다.

"그리고 컵 홀더는 양미애 씨 아이디어겠군."

"아닌데요. 그거 범찬이 아이디어예요. 아, 양 프로님 의견을 고친 거구나. 보통 커피숍마다 쿠폰 같은 게 있으니까 그걸 어떻게 할까 하다가, 양 프로님이 학생들을 가르치셨어서 그런지 결과에 대한 합당한 보상은 꼭 필요하다고 그러시더라고요."

"그래서 보상을 어떻게 할까 생각하다가 컵 홀더에 사무실 이름을 새겨서 홍보해 주는 게 좋겠다는 의견이 나왔군."

"네. 도장 10번에 아메리카노 주는 건 유지하고, 대신 100번에 자신만의 컵 홀더 제공이고요."

"그럼 단골은 되겠지만 관리가 문제군."

"사장님이 해보겠다고 하시더라고요. 그리고 범찬이가 거기에 더 보탰어요. 주변 사무실이 아닌 일반 손님들에게 제공하는 컵 홀더에도 홍보할 수 있게 하자고요."

"그게 이거군. 한 달마다 우수 고객을 뽑아서 한다는 게."

우범은 재미있는지 미소가 떠나지 않았다.

"후후, 재밌어. 최 프로는 여기저기 다 참견했군."

"범찬이 덕분에 조금 더 수월했어요."

"알지. 그리고 최 프로가 그 컵 홀더에 우리 이름을 새길 생각으로 그 의견을 냈다는 것도."

"저희도 처음에 그렇게 하려고 그랬는데, 생각해 보니까 그건 어려울 거 같더라고요……."

"음?"

"남부법원에서 먹기 시작하면 남부법원 이름만 새겨야 될지도 몰라요. 그래서 그게 가장 걱정인데."

"후후, 그런 걱정은 안 해도 된다. 우리는 지금도 승기 군 덕분에 감당하기 어려울 정도로 홍보가 되고 있으니까."

작은 부분에서까지 회사를 홍보하려는 모습에 웃음이 나왔다. 우범은 만족스러운 결과에 미소가 가득했다.

"아무튼 모두 의견이 들어간 기획이군. 모든 의견을 모으기가 힘들었을 텐데 고생이 많았다."

"생각보다 쉽더라고요."

우범이 웃으며 종훈을 보자 종훈도 멋쩍게 웃으며 말했다.

"한겸이는 항상 저희 의견을 적절하게 섞어서 기획했잖아요. 그래서 한겸이라면 어떻게 섞을까 하면서 짜다 보니까 금방 완성이 되더라고요."

"김 프로는 대만에 있는데도 함께 있는 거 같군."

"같은 팀이니까요."

그때, 윤선진이 사무실로 들어왔다. 이제는 목발을 짚고 다니지 않아도 되었지만, 아직 완벽한 걸음걸이는 아니었다.

"혹시 기획 팀분들 어디… 여기 계셨네."

종훈이 우범과 대화 중이라는 것을 본 윤선진은 잠시 뒤로 물러났다. 그러자 우범이 웃으며 윤선진을 불렀다.

"포스터 완성되신 겁니까?"
"아, 네. 마음에 드실지 모르겠어요. 제가 보기에는 좋은데 커피숍하고 안 맞는 느낌도 들고······."
"한번 보여주시죠."

윤선진은 프린트해 온 종이를 우범에게 건넸고, 우범은 포스터를 물끄러미 쳐다봤다.

"후, 확실히 전체적인 느낌은 어둡군요."
"그렇죠······?"
"그런데 Secret 카페에는 이거 말고 어울리는 게 없을 것 같습니다. 커피 원두를 눕혀 입술을 표현하신 거고, 거기에 지퍼를 달아 비밀이 유지된다는 걸 담으신 거군요. 이 원두 지퍼에 꽂혀 있는 게 빨대라는 건 알겠는데, 주변에 거품들은 뭐죠?"
"아, 그건 전체적으로 보셔야 돼요. 포스터 전체를 커피 담은 잔으로 표현한 거거든요. 그래서 색이 조금 어두운 거고요. 아무래도 커피숍이다 보니까 커피를 마셔야 할 거 같아서 지퍼 틈으로 빨대도 넣은 거고요."

우범은 눈길을 잡아끄는 포스터를 보며 헛웃음을 뱉었다. 윤선진은 무슨 예술 작품을 만들어놓았다. 그런데 그걸로 끝나는 것이 아니었다. 이번에는 미디어 플랜 팀의 연 프로가 사무실을 찾았다.

"최 프로님! 찾았어요!"
"어! 된대요?"
"네! 전단지 포스터는 만 장 무료로 해준다네요! 대신 컵 홀더 인쇄를 맡긴다는 조건으로!"
"나이스! 돈 굳었다!"

회사 전체가 하나가 되어 움직이고 있었다. 한겸이 있을 때는 한겸이 직접 찾아다니며 해결하는 통에 잘 보이지 않았던 것들이 보이고 있었다. 우범은 가슴속에서 뿌듯함이 올라왔다.

"다들 열심히군. 앞으로도 기대가 돼. 왠지 우리 사무실만 빠진 거 같군."
"아니에요. 중간에서 조율도 해주셨고, 지금 가장 바쁘시잖아요."
"후후, 그래도 하나가 되려면 완벽하게 하나가 되어야지. 나라도 도와야겠군. 지금 가장 필요한 게 뭐지?"

종훈은 가만히 생각하다가 이내 아니라는 듯 고개를 저었다.

"어려운 일이라도 괜찮으니까 말해라."
"지금 가장 일손이 부족한 건… 배달이라서요……."

우범은 자신도 모르게 입술을 꾹 다물었고, 그 모습을 보던 회사 직원들 역시 입술을 꼭 다물었다. 다만 우범의 입술 사이에서는 한숨이 새어 나왔고, 직원들의 입술 사이에서는 웃음이 새어 나왔다.

*　　　*　　　*

다음 날. 대만에 있는 한겸은 우범이 보낸 기획안을 보며 환하게 웃었다. 우범은 기획안에 누구의 아이디어라고 메모까지 해서 보냈다.

"이제 나 없어도 되겠네."

"에이! 무슨 그런 말씀을 하세요. 혹시라도 그런 말씀 하지 마세요. 기둥이 있어야죠."

"그 정도로 잘했다는 거예요."

"그런데 최 프로님은 전부 중간에 끼어드는 것밖에 없네요."

"그게 가장 어려워요. 같은 시선으로 같은 곳만 보면 잘못된 게 안 보이거든요. 범찬이가 언뜻 보면 괜히 딴지 거는 거 같은데, 남들하고 보는 시선이 조금 달라서 그래요. 이 기획들도 전부 범찬이가 방향을 제대로 잡게 한 거 같은데요."

"그런 건가요? 항상 그냥 툭, 하고 말을 뱉으셔서."

"임 프로님도 앞으로 그거 잘 들으셔야 돼요."

"휴, 김 프로님도 농담 구별하는 게 어려운데 최 프로님 말까지 걸러 들어야 된다니⋯⋯."

"하하, 아무튼 진짜 괜찮네요. 아이디어가 전부 잘 녹아들었어요. 그런데 제가 생각했던 건 없네요. 뭐 없어도 될 것 같긴 해요."

"어떤 아이디어 말씀하시는 거예요?"

"그냥 위치가 법원 앞이라서 생각해 본 거예요."

"대표님이 작은 생각이라도 말씀하시라고 그러셨잖아요."

"아, 하하. 그러네요. 이따 전화할게요."

"꼭 하세요. 그런데 윤 프로님이 제작한 포스터가 진짜 대박인 거 같아요."

한겸은 웃으며 고개를 끄덕거렸다. 매번 만족스러운 결과물을 내놓고 있었다. 윤선진 덕분에 포스터 제작 팀에 신경을 쓰지 않아도 되었고, 광고 제작에도 많은 도움을 주었다.

"이거 보니까 저도 커피숍 하면 잘될 거 같은 생각이 마구 들더라고요."

"다른 곳에 하시면 망하기 딱 좋아요."

"하하, 안 하죠. 장사 아무나 하는 게 아니잖습니까."

"만약에 하시더라도 다른 법원 앞에 하셔야지, 그냥 아무 곳에나 이런 카페 내놓으면 한 달도 안 돼서 문 닫을 거예요. 학교 앞이나 이런 데 차리면 독서실 같다고 학생들이 얼마나 찾아오겠어요."

"저 어디 안 간다니까요? 왜 자꾸 보내려고 하세요."

"하하, 그냥 혹시나 해서 하는 말이에요."

"빨리 일어나세요! 오늘은 캐셔분들 뒤에 앉아계실 거죠?"

한겸은 웃으며 고개를 끄덕거렸다. 어제도 하루 종일 계산대 근처에 자리를 잡고 앉아 있었다. 그때만 하더라도 임 프로는 좀이 쑤시는지 힘들어했는데, 오늘은 의욕이 넘쳤다. 한겸은 그 의욕이 한국에서부터 온 소식 때문이라는 걸 알고 있었다.

"빨리 가시죠! 저희도 제대로 만들어야지, 그래야 떵떵거리면서 일하고 왔다고 하지 않겠습니까?"

한겸은 미소가 가득한 얼굴로 재미있다는 듯 눈썹을 씰룩거렸다. 팀원들 사이에서도 경쟁심이 생길 것 같았고, 그 경쟁심이 C AD를 더 발전시킬 것 같았다.

*   *   *

다음 날. 커피숍 주인은 아침부터 인테리어 공사 중인 카페 안을 가만히 쳐다봤다. 처음 인테리어 공사를 하는 게 어떠냐는 제안을 받았을 때는 자신이 속고 있는 건 아닐까 불안했다. 광고를 무료로 해준다는 미끼로 다른 곳에서 돈을 뜯어간다고밖에 생각이 들지 않았다. 하지만 마치 자기 일처럼 일을 하고 있는 모습을 보면 또 그렇지가 않았다.

"구 프로님! 빨리! 팔 떨어지겠어요!"

"그거 아직도 잡고 있었어요? 밑에는 다 고정해 놔서 놔도 돼요. 바퀴도 달려 있는데 그걸 왜 아직도 잡고 계세요."

"아! 빨리 말해야죠! 꽉 잡고 있으라서 손가락에 쥐 날 뻔했네."

주인은 그 모습을 보며 피식 웃었다. 인테리어 비용을 최소화하기 위해 C AD의 사람들이 직접 시공을 하고 있었다. 처음에는 불안했지만 점점 완성될수록 설명을 들었던 콘셉트대로 되어가자 불안함은 사라졌다.

"끝! 최 프로님 인테리어 쪽에도 소질이 있으시네요."

"휴! 전 뭘 해도 다 잘하는 거 같아요. 어디, 들리나 말해보세요."

"하하, 다 뚫려 있고 그냥 칸막이만 세워둔 거라 들리긴 하죠."

"그래도 전보다는 낫잖아요."

"그렇긴 하죠. 소리도 소리인데 테이블끼리 얼굴을 마주치지 않아도 되는 게 우선이죠."

"이거 하나 세웠다고 분위기가 싹 바뀌네. 으슥한 느낌이 딱 제 스타일이에요. 사장님! 사장님은 어떠세요. 방음 가림막 이동식으로 설치해서 움직일 수도 있어요."

주인은 범찬을 보며 씨익 웃었다. 홍보를 하기로 결정한 건 한겸이었지만, 장사에 대한 인식을 바꾼 건 범찬이었다. 처음에 이런 기획안을 들고 와서 얘기했을 때는 마음에 들지 않았다. 커피 맛으로 승부를 하고 싶었는데 편법을 사용하려는 것 같았기 때문이다. 쉽게 결정하지 못할 때, 범찬이 시큰둥한 표정으로 말을 했다.

"너무 어렵게 생각하시는 거 같은데 이걸 뭐라고 해야 되나. 아! 쉽게 말하면 저희를 삐끼라고 생각하세요."

"삐끼요?"

"네. 사실 저희가 하는 일이 그런 거랑 비슷해요. 호객 행위 하는 거니까요. 아무튼 커피 맛은 사장님이 지키실 기본이고, 커피 맛을 판단하는 건 손님이고요. 그 손님들이 판단할 수 있도록 기회를 만드는 게 저희의 역할이거든요. 아무리 좋은 게 있다고 해도 알아봐 줄 사람이 있어야 하는 거잖아요."

"그렇죠……."

"제가 이 일을 하면서 보니까 잘되는 곳은 그게 다 잘 연결된 곳 같거든요. 사람은 혼자 살 수 없다고 그러잖아요. 장사도 사람이 하는데 혼자서는 할 수가 없다고 생각해요. 모든 게 잘 연결이 됐을 때, 그래야 돈이 벌리거든요. 저희는 그 연결 고리!"

"그렇군요……."

"그리고 그 돈은 또다시 고객에게 돌아가야 하고요. 그 사이클이 잘 돌아가야 성공을 하는 거 같아요. 물론! 돈이 있어야지 사람이 여유도 있고 삶도 윤택해지죠. 돈이 최고야!"

사람이 조금 가벼워 보이긴 했지만, 이 대화로 많은 것을 느꼈다. 지금까지는 자신만 잘하면 될 거라고 생각했고, 장사가 잘 안 되는 것을 다른 이유로 돌렸다. 자리 탓도 했었고, 커피 맛을 모르는 사람들 탓으로도 돌렸다. 그런데 범찬의 말 덕분에 자신의 사고가 좁았다는 것을 깨달았다. 지금까지 혼자 아등바등거린 스스로가 한심하기까지 했다.

커피숍 주인이 범찬과의 대화를 떠올리며 웃을 때, C AD 직원들이 주변 사무실에 커피 배달을 하고 돌아왔다.

"공사 다 했군."

안으로 들어온 대표가 가게를 살피며 말하자 안에 있던 범찬이 히죽거리며 말했다.

"대표님 배달이 왜 이렇게 늦으세요. 혹시 저희가 갔던 곳에 또 주고 온 거 아니에요?"

"아니다. 그냥 거리가 조금 멀어서 오래 걸렸다."

"어디까지 다녀오신 건데요? 아무리 텀블러에 넣고 다닌다고 해도 아직 날 추워서 금방 식어요."

"뜨뜻했으니까 걱정하지 마라. 남부지검까지 다녀오느라고 조금 늦은 거다."

"법원 옆에요? 거긴 차만 왔다 갔다거리고 안에 들어가지도 못하는데 거기에는 왜 가셨어요?"

우범은 피식 웃더니 말을 뱉었다.

"김 프로가 무료로 홍보할 생각이면 지검 앞에서도 홍보하라고 하더군."

"거긴 왜요?"

"글쎄다. 여유가 있으면 지검 앞에도 가서 홍보하라고 했다."

홍보를 위해 C AD 팀원들이 주변 사무실에 무료 커피를 제공하며 제작한 전단지를 돌리고 있었다. 심지어 C AD의 대표까지 그 일을 하고 나섰다.

"왜지? 거기에 뭐 아무것도 없는데. 아무튼 사무실 찾아가서 막 그렇게 뻣뻣하게 하신 거 아니죠?"

"잘 설명했다. 우노를 이용하면 창에 사무실 이름까지 붙여준다고 설명까지 다 했으니까 걱정 마라."

주인은 우범을 보며 피식 웃었다. 그동안 그렇게 마주쳐도 간단한 인사가 전부였기에, 이렇게 발 벗고 도와줄지는 몰랐다. 상당히 차가운 사람 같다고만 생각했는데 회사 직원들과 대화하는 모습을 보면 꼭 그렇지만도 않았다.

"그럼 모든 준비가 끝났으니 이제 또 기다려야 하는 시간이 남았군. 우리도 이만 가지."

우범은 커피숍 주인을 보며 입을 열었다.

"홍보라는 게 곧바로 효과를 나타내기도 하지만 시간과 싸워야 할 때도 있습니다. 그러니 체력 분배 잘하시길 바랍니다."

"네, 이렇게 도와주서서 감사합니다. 가시기 전에 커피라도 한 잔하시고 가세요."

"아닙니다. 오늘분 커피는 이미 마셨습니다. 그럼 이틀 뒤 다시 피드백해 보기로 하죠."

우범의 딱딱한 대답에 주인은 멋쩍게 웃었다. 이럴 때 보면 또 차가운 사람 같기도 했다. 그 말을 끝으로 우범이 C AD 직원들을 데리고서 회사로 돌아갔다.

주인은 북적거리던 가게에 사람이 빠진 모습을 가만히 바라봤다. 자신도 여러 감정이 계속해서 뒤섞이고 있었다. 다들 힘껏 도와준 만큼 자신도 열심히 해야겠다는 생각이 들었다. 그러다 또 열심히 했는데도 손님이 없으면 어떻게 하나 걱정이 되기도 했고, 그럴 때마다 다시 의욕을 다졌다. 그 생각이 계속해서 반복되었다. 그때, 지나가던 사람들 한 무리가 커피숍 앞을 쳐다보더니 자기들끼리 대화하는 것이 보였다. 그러더니 결국 커피숍 문을 열었다.

"어서 오세요! 우노입니다!"

"네, 여기가 어제 커피 들고 찾아온 곳 맞죠?"

"네! 맞습니다."

"사무장님, 따뜻한 아메리카노 드실 거죠? 저희 아메리카노 아이스 두 잔, 뜨거운 거 한 잔 주세요. 테이크아웃이요."

가게를 열고 처음 손님을 받을 때도 이렇게 떨리진 않았다. 그런데 지금은 다시 시작한다고 생각해서인지 무척이나 떨렸다. 그때, 앞에 있던 사무장이라는 사람이 대뜸 질문을 했다.

"어제 듣기로는 여기 커피를 마시면 사무실 이름을 붙여줄 수 있다고 하던데 어디에 붙여주는 거죠?"

"아! 사람들이 지나다니면서 볼 수 있게 창에 붙여 드립니다. 크기는 그렇게 크진 않고요."

"저기요?"

"네, 지금은 C AD가 붙어 있습니다."

"어? C AD면 HT북스에 그 웹툰 홍보한 곳 아닌가?"

"HT북스도 C AD이고 HT 홍보를 맡은 곳도 C AD입니다. 바로 이 건물이거든요."

"아, 그 C AD가 여기 있었네. 그런데 아직 붙어 있는 건 별로 없네요? 저희도 붙일 수 있는 건가요?"

"네! 위치 정하시고 상호 말씀해 주시면 붙여놓도록 하겠습니다."

"그럼 가운데에 붙여달라고 해도 됩니까?"

"당연히 됩니다. 그리고 쿠폰 만들어 드릴까요? 저희 쿠폰을 만드시고 100번 이용하시면 자신만의 컵 홀더를 제공해 드리고 있거든요."

주인은 혹시 빼먹은 게 있지는 않을까 되새기며 다른 내용도 설명했다. 한 달마다 우수 고객을 뽑는다는 얘기에 앞에 있던 사람들이 재미있다는 듯한 표정으로 되물었다.

"그러니까 가장 많이 먹으면 컵 홀더에 원하는 문구를 써준다는 거죠? 일반인들에게 그걸로 판매가 되고?"

"네, 맞습니다."

"그래서 대충 얼마나 먹어야 되는데요?"

"이번 달부터 시작해서요."

"그래도 그동안 매출을 보면 알 거 아니에요."

"가장 많이 이용한 곳은 같은 건물인 C AD고요. 가장 높았을 때가 150만 원 정도 돼요."

"이야, 150만 원으로 한 달간 컵홀더를 통해 홍보라. 여기 이용하는 사람만 많으면 괜찮겠네요."

칭찬을 받은 우노 주인은 가볍게 고개를 숙여 인사했다. 첫 고객의 반응이 생각보다 좋았다.

"그럼 저희 여기 정가운데에다가 붙여주세요."

"네, 알겠습니다. 확인하시러 또 오세요."

"하하, 알겠습니다. 커피 맛있네요."

손님들이 커피를 들고 나가자 우노 주인은 주먹을 꽉 쥐었다. 시간과의 싸움이라고 했는데 오래 기다리지 않아도 될 것 같았다. 지금까지 걱정하던 것이 한순간에 사라져 버렸다. 우노 주인은 이 소식을 C AD에 알리고 싶었다.

"알려줘도 되려나? 아, 너무 이른가!"

알리고 싶은 마음은 컸지만, 설레발일 수도 있다는 생각에 이 기분을 결국 혼자서만 즐기고 있었다. 그런데 말을 하지 않길 잘했다는 생각이 들었다. 두 시간가량 첫 손님을 제외하고 다른 손님이 전혀 없었다. 예전과 비슷한 상황이 또다시 벌어지고 있었다. 그때, C AD 건물에서 나오는 기획 팀원들이 보였다. 그중 범찬이 가게 문을 열더니 고개를 빼꼼히 내밀었다.

"아직 손님 없었어요?"
"아! 한 팀 있었습니다."
"오! 개시 성공! 그런데 근처 사무실이 아니라 일반 손님이었나 보네요."
"근처 사무실이었어요."
"어? 그런데 왜 이름 안 붙였어요! 사장님! 제가 뭐라고 그랬어요. 무조건 사람 냄새 나야 한다고 했죠!"
"아… 안 그래도 붙이려고 했습니다."
"아 참, 밥 먹으러 가기 전에 붙여 드리고 갈게요. 종훈이 형, 먼저 가서 밥 시켜요. 난 고구마 돈가스!"
"제가 붙일 테니 식사하러 가세요."
"금방 붙여요. 구 프로님은 저랑 이것 좀 붙이고 같이 가요!

사장님은 오려둔 것 좀 주시고요."

우노 주인은 카운터 밑에 놓아둔 보관함을 꺼냈다. 보관함에는 이미 오려둔 자음과 모음, 알파벳과 숫자들이 가득했다. 자음도 글씨에 따라 크기를 달리 오려둔 상태였다. 주인은 보관함에서 손님들이 적어놓고 간 대로 시트지를 꺼냈다.

범찬은 오려둔 시트지를 들고 구 프로에게 건네더니 곧장 밖으로 나갔다. 구 프로는 정성을 다해 시트지를 붙였다. 글자가 많지 않았기에 금방 끝나는 작업이었다.

[강정호 법무사 사무실]

밖에 서 있던 범찬은 만족한 표정으로 창을 이리저리 살폈다. 그러더니 안에 있던 구 프로와 주인에게 나와보라고 손짓했다.

"구 프로님 진짜 금손이네요. 왜 인테리어 일 그만두신 거예요?"

"적성에 안 맞아서 그만뒀는데 칭찬받으니까 뭔가 기분이 묘한데요?"

"크크, 나중에 저 아파트 사면 인테리어 맡아주세요. 사장님이 보기에도 잘 붙었죠?"

우노 주인은 웃으며 고개를 끄덕거렸다. 붙인 건 잘 붙였지만 아직 비어 있는 곳이 많아서인지 전체적으로 보면 약간 어색했다. 그때, 한 무리의 사람들이 위에서부터 내려오기 시작했다. 그리고 커피숍을 지나쳐 가던 길에, 무리 중 한 사람이 걸음을 멈췄다.

"아! 여기가 아까 그 커피 나눠 줬던 곳이네."

"여기예요? 진짜 밖에서 김 의원 기다리느라고 추위 죽을 뻔했는데 엄청 고맙더라고요. 전 처음에 취재 잘 부탁한다고 커피 돌리는 줄 알았다니까요."

"나도. 커피 나눠 주던 그 사람 눈빛이 예사롭지 않았잖아. 그런데 그 사람은 가게에 없나 본데? 커피나 한잔할래?"

"좋죠. 맛도 괜찮던데. 아까 뭐라고 그랬는데. 뭐, 자기 이름이나 사무실 이름 붙여준다고 했죠? 분명히 도움이 될 거라고."

"저건가 보네. C AD? C AD면 HT 광고 맡은 곳이죠? 그게 여기네. 그런데 이제 이벤트 시작한다고 하더니 진짜 붙어 있는 게 없네요."

"뭐 어때. 취잿거리 주려고 연락할지 혹시 알아? 그런데 안에 사람이 없나 보네."

그 말을 듣던 범찬은 서둘러 우노 주인을 툭 건드렸다. 우노 주인이 가게 안으로 들어가자 범찬은 그제야 한숨을 몰아 뱉었다. 그러고는 곧바로 휴대폰을 꺼내 한겸에게 전화를 걸었다.

*   *   *

식당에서 식사를 하던 종훈은 시켜놓은 음식을 보며 걱정된다는 듯 말했다.

"커피숍에 무슨 문제가 있나?"

"몇 분 전에 보고 왔는데 무슨 문제가 있겠어요. 괜한 걱정 하지 말고 오빠도 밥이나 먹어요."

"범찬이가 때를 놓칠 애가 아니잖아. 전화도 신호는 가는데 안 받아."

"왜 그렇게 걱정을 사서 할까. 아니면 구 프로님한테 해보세요."

"그럴까?"

종훈이 전화를 걸려 할 때, 수정이 가게 밖을 손으로 가리켰다.

"저기 왔네요. 전화하고 있어서 안 받은 것 같으니까 빨리 밥이나 먹어요."

수정의 말처럼 범찬은 통화를 하고 있었고, 잠시 뒤 통화를 끝내고 식당으로 들어왔다.

"누구랑 전화하는데 밥도 미루고 통화를 해. 혹시 HT야?"

"겸쓰요. 어휴, 진짜."

"한겸이가 왜?"

"진짜 꼼수 대마왕 아니랄까 봐 꼼수가 장난이 아니에요. 맞다. 다들 내 말 들어봐요."

식사를 하던 팀원들은 전부 범찬을 봤다. 그러자 범찬이 팀원들을 주욱 살피더니 입을 열었다.

"대표님이 무료 커피 나눠 주러 남부지검 앞에까지 갔다고 했잖아요. 그게 왜 그랬을 거 같아요?"
"검찰청에 홍보하려고 아닐까요?"
"저도 그냥 홍보차 가신 거 같은데……."
"형이랑 수정이는?"

수정과 종훈은 선뜻 대답을 하지 않았다. 우범이 남부지검 앞에까지 배달을 갔다는 말을 듣기는 했다. 그때는 다른 팀원들처럼 홍보를 하기 위해서라고 생각하고 넘겼는데, 다른 이유가 있는 듯했다. 두 사람이 대답을 하지 않고 있자 범찬이 이해한다는 표정으로 고개를 끄덕이더니 입을 열었다.

"지검 앞에 상주하는 기자들 있잖아."

수정과 종훈은 한겸과 오랫동안 함께한 덕분에 기자가 있다는 게 어떤 의미인지 알아차렸다. 하지만 신입 팀원들은 고개를 갸웃거렸다.

"기자들이 홍보를 해주는 것도 아닐 텐데… 홍보 기사를 써달라고 해도 돈을 쥐여주면서 써달라고 해야 하잖아요."

"맞아요. 그런데 우노 사장님은 여유가 없잖아요."

함께 있었던 구 프로만 아니라는 듯 고개를 저었다. 팀원들이 궁금해하자 종훈이 대신 설명했다.

"확실하지는 않은데 아마 기사를 쓰진 않을 거예요. 그래도 기자들이 우노에 방문 많이 할 거예요."

"왜요?"

"법원 앞이잖아요. 별의별 사건들이 다 있는 곳이니까요. 만약에 박 프로님이 너무 억울한 일을 당했어요. 그런데 제대로 된 변호사를 선임할 여력도 없어서 몸과 마음이 무너질 정도로 좌절하고 있는 상태예요. 그런데 지나가다가 기자의 연락처를 알게 되면 어떻게 할까요?"

"아… 언론을 통해서라도 공론화시키고 싶겠죠."

"그렇죠. 물론 그 제보를 선택하는 건 기자겠지만 기자 입장에서는 기삿거리가 넘쳐나는 상황이 되겠죠. 그 상황을 만들기 위해서는 커피숍이 잘되어야 할 테고요."

종훈이 자신이 말이 맞냐는 듯 범찬을 봤다. 그러자 범찬이 고개를 끄덕이며 말을 이었다.

"홍보 기사는 나가지는 않을 거래요. 기자들한테 커피 나눠

준 거는 사람이 사람을 부르게 하려고 그런 거라고요. 기자가 있어야 제보하고 싶은 사람들이 관심을 보이고, 제보하고 싶은 사람이 있어야 기자들이 찾고, 그런 거라고 하더라고요."

"그래도 이번엔 비슷했다."

"그게 좋아할 건 아니죠."

"비슷한 생각 했는데 좋잖아."

"후, 겸쓰, 진짜 웃긴 놈 아니에요? 아… 이번에는 정말 잘했다고 생각했는데 조금 억울한 기분!"

"생각해 보니까 그러네. 우리 진짜 잘했다고 생각했는데 꼭 그 위가 남아 있네."

"그죠? 보스 잡아서 신났는데 알고 보면 그게 중간 보스야. 그래도 겸쓰가 칭찬은 하더라고요."

"뭐라고?"

"그런 기획 아니면 통하지도 않을 거라고 그러면서 기발하다고 그랬어요."

세 사람의 대화를 듣던 신입 팀원들은 한결을 하루밖에 못 봐서 어떤 사람인지 잘 알지 못했다.

"김 프로님이 그렇게 대단하신 분이세요?"

"그럼요."

"저희는 세 분만 봐도 대단하던데… 사실 일하기 전에는 정말 자신이 있었거든요. 그런데 회의를 하다 보면 제가 생각하는 것보다 더 나은 방법을 계속해서 말씀하시니까 자괴감이 든다고 해야 하나… 그래서 제가 일을 잘할 수 있을까 걱정했거든요."

다른 신입들도 동의한다는 듯 어색하게 웃으며 고개를 끄덕거렸다. 그러자 수정이 피식 웃으며 입을 열었다.

"원래 그래요. 저도 처음에는 그런 생각 많이 했거든요. 난 걸어가고 있는데 저 앞에서 뛰어가고 있는 느낌 때문에 자괴감이 생기더라고요. 그런데 뛰어가는 사람과 저하고, 우리하고 끈이 연결되어 있더라고요. C AD라는 끈이. 그 끈을 잡고 가다 보니까 조금씩 가까워지게 되더라고요."

"아……."

"끈을 놓지 말고 꾸준히 걷다 보면 자신도 모르는 사이에 달리고 있을 거예요. 스스로가 발전하고 있는 게 느껴지는데 다른 사람들이 보면 얼마나 많이 발전했겠어요. 전 그래서 이럴 때가 더 재미있어요. 야, 최범찬. 넌 왜 자꾸 옆에서 개굴개굴 그러고 있어."

범찬과 종훈은 고개를 아예 돌리고 있었고, 혼자 중얼거리던 범찬이 민망해하는 표정으로 말했다.

"개굴 아니고 개오글! 어우, 너 좀 오글거려. 대표님인 줄."

"어후, 저걸 그냥!"

"그래도 따라가는 게 재미있긴 하지. 세 분도 일하다 보면 느끼실 수 있을 거예요. 참! 수정이하고 연결된 끈 꽉 잡고 계세요.

잘못하면 수정이가 가위로 똑! 잘라 버릴 수도 있으니까. 그러고도 남지."

세 사람이 친구라는 것을 알고 있던 신입 팀원들은 재미있다는 듯 웃었다. 그러던 중 구 프로가 갑자기 약간 걱정된 듯 입을 열었다.

"그런데 임 프로님은 김 프로님을 따라가셨는데… 저희가 더 열심히 해야지 같이 달리겠네요."

"크크, 같이 출발했는데 차이 벌어질까 봐 걱정되세요?"

"기존에 일을 하셨다고는 해도 기획 팀은 같이 들어왔으니까요. 같은 동기한테까지 밀리면 조금 슬플 거 같아서요."

"오! 방수정 같은 마인드! 걱정 마세요. 우리 김 프로가 번갈아 가면서 데리고 갈 거예요. 그런데 그게 쉽지만은 않을 텐데."

"배우면 좋은 거 아닙니까?"

"좋긴 하죠. 마인드가 다르니까. 모든 가능성을 열어두고 생각하거든요. 그래서 옆에서 보다 보면 이걸 왜 하는 거지, 라고 생각할 때도 있어요. 지금도 한겸이 따라다니느라고 정신 못 차리고 있을걸요. 지금쯤 아마 자기가 분트 직원인지 C AD 직원인지 헷갈려 하고 있을 거예요."

종훈과 수정은 범찬의 말에 동의한다는 듯 고개를 끄덕거렸다.

　며칠 뒤. 창에 붙은 시트지가 그렇게 많지 않았음에도, 커피를 만드는 주인의 표정은 무척이나 밝았다.

　"주문하신 아메리카노 나왔습니다!"
　"사장님! 배달은 안 돼요?"
　"아쉽지만 배달은 안 되네요."
　"배달 대행이라도 쓰시지. 배달 안 하셔서 제가 매일 배달하고 있다고요."
　"하하, 이렇게 인사도 하고 좋지 않습니까?"

　불만을 꺼내는 고객들이 늘어났다. 그런데 그 불만이 기분 나쁘지가 않았다. 하나같이 창에 이름이 붙은 사무실에서 근무하는 직원들이었고, 며칠째 꾸준히 방문하고 있는 사람들이었다. 지금도 불만이라기보다는 직접 사러 와야 된다는 걸 장난스럽게 표현하는 것이었다.
　손님이 가자 주인은 즐거운 얼굴로 창을 봤다.

　"더도 말고 덜도 말고 지금만 같았으면 좋겠네. 이게 장사하는 재미구나."

　딱 자신이 상상했던 이미지였다. 자신의 커피 맛을 알아주는 단골이 있고, 가끔 지나가던 사람들이 커피 향에 이끌려 커피숍을 찾고, 그런 손님들을 여유롭게 기다리는 자신까지. 지금 순간이 꿈처럼 느껴졌다. 그러다 보니 자신의 꿈을 이루게 해준 C AD가 너무나도 고마웠다. 그때, C AD의 대표가 커피숍으로 들어오는 것이 보였다.

"대표님, 오셨어요!"
"네, 오늘도 손님 있었습니까?"
"네! 매일 이렇게 신경 써주시고. 감사해요."
"피드백까지가 저희 일입니다. 그런데 가게 안은 손님이 없군요."

주인은 아무도 없는데도 손으로 입을 가리더니 조용하게 말했다.

"오늘은 기자들이 엄청 많았어요."
"그런가요?"
"네, 오늘 무슨 국회의원 검찰 출두했다고 그랬잖아요. 그거 때문에 오늘은 기자분들이 많더라고요. 조사하면 기본 몇 시간이나 하다 보니까 이곳에 오는 분들도 계신 거 같아요. 저번에 대표님이 커피 돌린 효과가 나타나는 거 같습니다."
"후후, 그건 아니겠죠."
"이제 일반 손님들도 많아질 겁니다."

그때, 한 남성이 밖에서 창을 유심히 쳐다봤다. 그러고는 휴대폰을 꺼내 사진까지 찍더니 이내 갈 길을 가버렸다. 주인은 그 모습을 보며 재미있다는 듯 웃었다.

"저렇게 사무실 이름들로 장식한 게 신기한가 봐요."

"저런 사람들이 많습니까?"

"많지는 않은데 오늘은 벌써 두 명이나 사진을 찍어 가네요. SNS에 올리려고 그러나? 그럼 독특한 커피숍으로 막 사람들 몰리면 어떡하죠? 하하."

"후후, 그건 아닐 겁니다. 얼굴에 그늘이 가득한 걸 보면 무슨 문제가 있나 봅니다."

"그걸 어떻게 아세요?"

"사장님도 사람을 많이 만나보셨으니까 사람마다 풍기는 느낌을 아실 텐데요."

"아… 그동안은 손님이 없어서 잘 몰랐나 보네요."

우범은 피식 웃더니 가림막이 설치된 내부를 한번 살폈다. 잘못된 곳이 있는지, 제대로 설치가 됐는지 올 때마다 확인을 하는 우범의 모습에 주인은 더욱 믿음이 갔다. 한참이나 살피던 우범은 이내 만족스러운 미소를 짓더니 주인에게 인사를 했다.

"그럼 내일 또 들르겠습니다."

우범이 나가자마자 누군가가 급하게 커피숍으로 들어왔다. 주인은 들어온 사람과 안면이 있었는지 인사를 건넸다.

"또 오셨네요. 뭐 두고 가신 거 있으세요?"

"아! 그건 아니고요. 어, 안 계시네. 여기라고 했는데."

"네?"

그때, 아까 사진을 찍어 갔던 사람이 다시 창밖을 서성였다. 그러자 기자가 밖으로 나가더니 그 사람을 데리고 안으로 들어왔다.

"뭐 드시면서 얘기하시죠. 여기 커피 괜찮은데 커피 드실래요?"

"네… 커피 먹겠습니다."

"사장님, 저희 따뜻한 아메리카노 두 잔 주세요!"

"네, 드시고 가실 거죠? 제가 가져다 드리겠습니다."

두 사람은 주문을 하더니 곧장 안쪽 테이블로 이동했다. 가림막이 설치되어 있어서 보이진 않았지만 들어가는 남자의 얼굴이 유난히 마음에 걸렸다. 그래도 손님의 얘기를 훔쳐 들을 수 없었기에 그저 자신이 할 수 있는 일인 커피를 만들기로 했다.

커피를 만든 주인은 테이블에 커피를 가져다주었다. 우범의 말 때문인지 남자가 굉장히 어둡게 느껴졌다. 주인은 손님들에게 커피를 건네주고는 조용히 입을 열었다.

"가림막 옮겨 드릴까요?"

"어? 움직이기도 해요?"

"네. 손님도 없으니까 편하게 말씀하시라고 가려 드릴게요."

주인은 테이블마다 가려뒀던 가림막을 끌고 와 기자와 남자가 앉아 있는 테이블을 감싸듯이 가렸다. 그러고는 자리로 돌아왔다.

한참 뒤 몇 명의 손님들이 다녀갔음에도 가게 안 테이블 손님은 화장실조차 가지 않고 있었다.

"저렇게 해놓으니까 진짜 잘 안 들리네. 주문 못 받으면 어떡하지?"

가게에 대해 걱정을 하고 있을 때, 기자와 남자가 가림막을 치우며 나왔다. 그리고 남자는 기자에게 인사를 하더니 주인에게도 인사를 건넸다.

"편의를 봐주셔서 감사했습니다."

그 말을 끝으로 남자가 가버렸고, 가게 안에 있던 기자는 혼자 남아 어디론가 계속 전화 통화를 하더니 짐을 챙겨 자리에서 일어났다. 그러고는 급하게 밖으로 나가려다 말고 걸음을 멈췄다.

"Secret 카페라더니 진짜네요. 정말 좋았습니다. 자주 오겠습니다!"

"네! 감사합니다. 또 오세요!"

주인은 바삐 나가는 기자를 물끄러미 쳐다봤다.

*　　　　　*　　　　　*

다음 날. 근처 사무실들의 출근 시간에 맞춰 가게 문을 일찍 연 커피숍 주인은 오늘 판매할 커피를 볶은 뒤 손님들을 기다렸다.

"어서 오세요!"

"와, 커피 향이 진짜 예술이에요. 원래 매일 이렇게 볶으시는 거예요?"

"아니죠. 보통 이렇게 매일 볶진 않죠."

"정성이 장난이 아니네요. 이거 아껴 먹어야 되는 거 아니에요?"

"하하, 그러면 안 되죠! 더 많이 드셔야죠."

이제는 조금 친해진 고객과 가벼운 농담을 건네기까지 했다. 카페 주인은 행복한 얼굴로 손님들을 맞이했고, 잠시 뒤 오전에 오는 단골손님들이 거의 다 들른 것을 확인했다.

'고범석 사무실은 오늘 안 오시네. 이따 오시려나.'

창에 이름이 붙어 있다 보니 누가 안 왔는지 쉽게 보였다. 새롭게 시작한 지 얼마 되지 않아 손님들이 하루라도 안 오면 걱정이 되긴 했다. 그때, 회사로 들어가는 C AD 직원들이 보였고, 그 모습을 보자 마음이 조금 차분해졌다.

'그래, 이제 다시 시작하는 거잖아! 아! 대표님이 어제 기사 확인해 보라고 했는데.'

주인은 카운터를 나가더니 창가로 향했다. 어제 우범에게 창밖에 서 있던 남자에 대한 얘기를 하면서 기자와 함께 왔다는 얘기를 했다. 그러자 우범이 기사로 올라올 수도 있을 거 같다는 말을 했고, 매장에서 마시는 손님들이 늘어날 것 같다는 말도 덧붙였다.

창에 붙은 기자의 이름을 찾은 주인은 휴대폰을 꺼냈다. 기자의 소속과 이름을 검색하자 기사들이 주욱 나오기 시작했다. 그중 어젯밤에 올라온 기사를 찾았다.

「건설 현장 식당 운영권으로 70억 사기, 피해자 및 업체가 12명이 넘는데 징역은 고작 2년?

서울시 양천구 신정동 재개발 및 재건축 지역의 건설 현장 식당을 수주해 주겠다며 식품 업체 및 개인을 속여 70억이 넘는 금액을 챙긴 혐의로 실형 2년이 선고되었다. 총 2억의 사기를 당한 A씨는 판결을 이해할 수 없다며 울분을 토했다.

…(중략)…….

　사기는 타인을 기망하여 재물을 편취하는 것으로, 죄질이 결코 가볍지 않음에도 대부분의 사기 범죄자들이 양형을 받고 있습니다. 대법원의 양형 기준을 보면…….」

　"아, 그분이 사기를 당했던 분이었구나. 그래서 표정이 그런 거였네. 쯔쯧."

　주인은 안타까움에 한숨을 뱉었다. 혹시라도 다음에 오면 따뜻한 커피라도 대접해 드려야겠다고 생각했다. 그때, 커피숍 문이 열리더니 우범이 종이를 펄럭거리며 들어왔다.

　"이 사람 맞죠?"
　"네?"
　"기자가 이 사람 맞습니까? 사기꾼 기사 쓴 사람."
　"아! 맞아요. 권순태 기자."
　"후, 제대로 터졌네."

　주인은 무슨 말을 하는 건지 모르겠다는 표정으로 우범을 봤다. 그러자 우범이 들고 있던 종이를 주인에게 건넸다.

　"청와대 국민 청원에도 글이 올라왔군요."
　"헛! 그 사람이 올린 거예요?"
　"아닙니다. 조금 전에 올라온 겁니다. 예전에 사기를 당했던 사람인 것 같은데 이 기사를 예로 들고 있습니다."

"대법원 양형 기준을 높여야 한다는 거네요? 그런데… 이 기사 하나로, 그것도 어제 나온 기사로 이렇게 빨리 반응을 보이는 게 맞는 건가요?"

"공감이 가는 기사니까요. 하지만 그것만으로도 힘들죠."

"그럼 왜요?"

"사법기관에 대한 대중들의 불만이 극에 달해 있는 시기인데 저런 기사가 나오자 관심이 모인 겁니다. 제목만 봐도 피해자에 집중하지 않고, 판결을 내린 법원에 집중되어 있더군요."

"아!"

"그 종이에 적힌 것들은 각종 커뮤니티들 반응입니다. 대부분 커뮤니티에서도 법이 잘못되었다는 의견입니다. 뭐, 오래가지는 않겠지만, 그래도 잠깐 동안 이슈는 되겠군요."

작년부터 사법기관에 대한 시민들의 불만이 터져 나오기 시작했다. 시민들은 시민의식이 올라갈수록 정치에 관심을 보였고, 특정 정치인에게 봐주기식 수사를 하는 검찰이나 경찰, 상식적으로 이해가 안 되는 판결을 내놓는 법원 등에 개혁을 요구했다. 그런 시민들의 입맛에 맞는 내용으로 작성된 기사이다 보니 시민들이 관심을 보였다.

신기하다는 듯 종이를 보던 주인은 이내 의아하다는 표정으로 우범을 봤다.

"그런데 이걸 저한테 보여주려고 뽑아 오신 거예요?"

"맞습니다."

"이걸 왜요……?"

"준비하셔야죠. 이곳에서 정보를 얻었다는 소문이 돌기 시작하면 아마 법원을 찾는 기자들은 적어도 한 번쯤은 이곳에 들를 겁니다."

그때, 창밖에 한 사람이 무언가를 찾는 듯 기웃거렸다. 그러고는 커피숍 창을 가만히 보더니 밝아진 표정으로 가게로 들어왔다.

"선배님이 말했던 곳이 여기네. 저 여기서 커피 마시면 제 이름 붙일 수 있는 거 맞죠?"

"네… 그렇습니다."

"아메리카노 한 잔 주세요. 아이스로요. 그리고 MTBS 손호준 기자라고 붙여주시면 됩니다."

"여기에 적어주시면 됩니다."

주인은 어색하게 웃으며 우범을 봤고, 우범은 그런 주인을 보며 미소 지었다.

"그럼 준비 잘하시죠. 전 이만 가보겠습니다."

우노 주인은 얼떨떨한 표정으로 인사를 건넸다. 잠시 뒤 기자가 돌아갔고, 커피숍에 혼자 있던 주인은 가게 내부를 바라

봤다.

"기자들이 찾아올 걸 생각해서 이렇게 만든 건가? 에이, 설마."

주인은 고개를 저은 뒤 피식 웃었다. 그러고는 방금 왔던 기자의 이름을 창에 붙이기 위해 카운터 밑에서 시트지를 꺼냈다. 적어놓은 이름대로 시트지 조각들을 꺼낸 주인은 곧바로 창으로 향했다.

"잊어버리기 전에 붙여야지."

이름을 다 붙인 주인은 확인을 하기 위해 밖으로 나갔다. 그때, 누군가가 바로 옆 건물 앞에서 담배를 태우는 모습이 보였다. 우노 주인은 담배 연기가 가게로 들어갈까 한마디 하려고 남자를 봤다. 그런데 남자의 표정이 어제 봤던 남자처럼 어두워 보였다.

'성 대표님 때문에 자꾸 사람 표정만 보게 되네. 휴우.'

한마디 하려던 주인은 애써 참은 뒤 가게 문을 닫았다. 그러고는 조금 전에 붙인 이름을 확인했다. 그때, 옆에 있던 남자가 담배를 끄더니 또 담배를 물었다. 우노 주인은 가볍게 한숨을 뱉더니 남자를 향해 말했다.

"여기서 담배 태우시면 가게 안으로 연기가 다 들어와서요."

"아! 죄송합니다. 죄송해요."

담배에 불을 붙인 남자는 담배를 버리지 않고 불이 붙어 있던 끝만 떼어내더니 다시 담뱃갑에 넣었다. 한 개비가 얼마나 한다고, 그걸 아끼려는 모습을 보자 괜히 마음이 불편했다.

'그럴 거면 담배를 피우지 말지. 쯧.'

남자는 다시 사과를 하더니 다른 곳으로 가려 했다. 우노 주인은 그런 남자의 등을 물끄러미 바라봤다. 무슨 일이 있었는지는 모르지만 축 처진 어깨를 보자 그냥 담배 한 대 피우게 내버려 둘 걸 그랬나 후회도 되었다. 게다가 어제 봤던 사기를 당한 남자 때문인지 계속 신경이 쓰였다. 잠시 고민하던 주인은 걸음을 옮기는 남자를 불렀다.

"저기 선생님!"

남자가 뒤돌아보자 주인은 최대한 편안해 보이는 미소를 짓고 말했다.

"커피 한잔하고 가세요."

"네? 아닙니다."

"무슨 일이 있는지 모르지만, 잠깐 커피 한잔하시면서 몸 좀 녹이고 가세요."

"아니에요. 괜찮습니다."

"어차피 오늘 볶은 커피 소진해야 돼서 한잔 대접해 드리려고 하는 거예요."

주인은 남자를 커피숍으로 데려와 안쪽 테이블로 안내했다. 그러고는 별다른 말을 하지 않고 커피를 건넸다. 어설픈 조언을 하기보다 마음이라도 편하게 해주는 것이 낫다고 생각했다.

자리로 돌아온 주인은 조그맣게 한숨을 뱉었다. 이렇게 힘든 사람들이 많다는 걸 예전에는 전혀 몰랐다. 자신도 먹고살기 힘들어서 폐업까지 하려고 했다 보니 남들에게 신경 쓸 겨를이 없었다. 그런데 이제는 사람들의 표정이 보이고 있었다. 세상 살기 힘들어하는 사람이 많구나 생각도 들었다. 만약 자신도 C AD가 아니었다면 비슷한 표정이지 않을까 생각했다. 그때, 커피를 내어준 지 얼마 되지도 않았는데 남자가 커피 잔까지 들고 카운터로 나왔다. 그러고는 카드를 내밀며 미소 지었다.

"커피 잘 마셨습니다."

"계산 안 하셔도 돼요! 그런데 벌써 드셨어요. 천천히 드시고 몸 좀 녹이시지."

그러자 남자가 고맙다는 듯 웃으며 말했다.

"몸은 몰라도 마음만큼은 커피 한잔에 녹았네요. 감사합니다."

남자의 인사에 주인은 뭐라고 답해야 할지 몰랐다. 그저 커피 한잔을 대접했을 뿐인데 돌아온 인사가 가슴을 건드렸다. 진심이 느껴지는 남자의 말은 커피가 맛있었다는 말과는 또 다른 느낌이었다. 우노 주인은 고맙다는 듯 고개를 가볍게 숙였다.

남자 역시 인사를 하고는 가게를 나가기 위해 문고리를 잡았다. 그러다가 창에 붙어 있는 이름들을 유심히 쳐다봤다. 한참이나 그 이름들을 보던 남자는 이내 고개를 끄덕거리더니 커피숍을 나섰다.

남자가 나가자 주인은 숨을 크게 뱉으며 의자에 앉았다. 그러고는 손으로 가슴을 쓰다듬었다.

"마음을 녹였다라… 나이가 먹어서 그런지 그 말이 묘하게 짠하네… 후, 그나저나 또 기자들한테 어떤 걸 제보하려고 그러나."

남자의 감사 인사에 대한 여운이 쉽게 가시지 않았다. 계속해서 마음을 녹였다는 말이 머릿속에 떠다녔다. 그때, 가게 전화가 울렸다.

"네, 우노입니다."
―사장님! 여기 장철진 변호사 사무실인데요. 저희 아메리카노 7잔만 부탁해요.

"저희 배달이 안 되는데."

—알죠! 감사 인사도 드릴 겸 제가 찾으러 갑니다.

"네?"

—에이, 왜 그러세요. 지금 변호사님 만나러 오신 분이 우노에서 소개받고 왔다고 그러시던데요. 큰 건은 아닌지만 그래도 지금 일이 없어서 변호사님도 걱정하고 있었는데 우노에서 소개받고 오셨다고 하더라고요! 너무 감사합니다. 제가 지금 바로 찾으러 가도 되죠?

전화를 끊은 우노 주인은 민망한 표정을 지으며 목을 쓰다듬었다.

*   *   *

대만에 있던 임 프로는 두 팔을 늘어뜨린 채 털레털레 걸음을 옮겼다.

"김 프로님, 오늘도 문 닫을 때까지 있으실 거예요?"

"내일부터 촬영인데 당연히 그래야죠."

임 프로는 어이가 없다는 듯 한겸의 뒷모습을 쳐다봤다. 자신도 열심히 해야겠다고 생각했는데 한겸이 생각하는 '열심히'는 완전히 달랐다. 한겸은 촬영 준비를 한다고 하더니 벌써 며칠째 분트의 이곳저곳을 들쑤시고 다니고 있었다.

임 프로도 처음에는 기획 팀에서 낸 솔루션대로 바뀐 분트를 보며 무척이나 신기했다. 하지만 그것도 잠시뿐이었다. 그런데 한겸은 분트가 문을 닫는 그 순간까지 현황판과 앱을 보며 직접 확인하고 다녔다. 마치 분트 본사에서 사찰이라도 하러 나온 사람처럼. 특히 가장 많은 시간을 보내는 곳은 고객 센터였고, 쫓아다니느라 지친 통역사는 지금 고객 센터에서 대기 중이었다.

"아무리 봐도 확실히 계산대 늘린 게 큰 도움이네요. 현황판만으로는 부족했겠어요."

"네, 아무래도 그렇죠."

"힘드세요?"

"힘든 건 아니고요……."

"힘드시면 먼저 들어가세요."

"어떻게 그럽니까. 전 단지 촬영 준비한다고 하시더니 계속 고객 불만만 해결하고 다니시니까 걱정되는 거죠."

"기획은 다 짜여 있어서 괜찮아요."

그때, 임 프로의 휴대폰이 울렸다. 번호를 확인하니 우범이었고, 임 프로는 반가운 표정으로 입을 열었다.

"네! 대표님!"

―제 전화 기다렸습니까?

"그럼요!"

―준비는 잘하고 있습니까?

"잘하고 있는지는 잘 모르겠습니다. 그냥 분트만 돌아다니고 있어요."

—후후, 별일 없는지 연락했습니다. 그리고 엄경용 씨도 내일 도착할 겁니다.

"아! 얘기 들었어요. 그런데 우노는 어때요? 장사 잘되나요?"

—잘됩니다. 김 프로가 말했던 것보다 성과가 일찍 나왔습니다.

우범은 우노에서 있었던 일을 설명했다. 한참이나 설명을 들은 임 프로는 어색하게 웃었다.

—우리 컨설팅도 한몫했지만, 사장님의 마인드가 바뀐 것 같더군요. 그게 사람들한테 먹히는 거 같습니다. 서비스란 게 작은 거부터 시작해 고객이 그걸 느끼고 감동을 받는 사이클인데, 사장님이 이제 아셨나 봅니다.

"아……."

통화를 마친 임 프로는 이리저리 움직이는 한겸을 물끄러미 봤다. 누구와 통화를 했는지 궁금하지도 않은지 이리저리 돌아다니고 있었다. 임 프로는 그런 한겸을 보며 혹시나 해서 물었다.

"김 프로님 혹시… 지금 불만 해결하시는 거요. 고객한테 서비스하려고 하시는 건가요?"

그러자 오히려 한겸이 어이가 없다는 듯 임 프로를 봤다.

"그게 당연하죠. 지금까지 몰랐어요?"
"그걸 왜 우리가 해요……? 분트 잘되라고요?"
"우리도 하고, 분트 직원도 하고. 그래야지 카메라에 진짜 행복한 모습이 나오잖아요."

임 프로는 어이가 없어 헛웃음을 뱉었다. 마음에 드는 광고를 찍기 위해서라면 지옥에라도 갈 사람 같았다.

*　　　*　　　*

3주 뒤, 기획 팀원들은 식사를 하고 돌아와 커피를 마시던 중이었다. 신입 직원들도 이제는 적응을 했는지 한층 여유가 있는 표정들이었다.

"우노 이제 완전히 자리 잡은 거 같죠?"
"전 우노 사장님 보면서 이 일을 하기 잘했다는 생각이 들더라고요."
"저도요! 우리가 한 일 덕분에 변해가는 걸 보니까 뿌듯한 기분이랄까."

신입 팀원들의 대화처럼 우노는 이제 제대로 자리를 잡았다.

창에는 사무실 이름들과 기자들의 이름은 물론이고 개인까지 문구를 붙여놓았다. 이름을 붙일 수가 없으니 문구를 붙였다. 그리고 그 문구들은 사람들이 우노를 더 찾게 만들었다.

고맙습니다, 따뜻한 커피만큼이나 따뜻한 마음, 다 끌어 썼던 힘이 충전된 기분. 우노 주인의 배려에 붙은 문구들이었다. 그 덕분에 소문을 듣고 찾아오는 사람들까지 생겼다. 우노 주인의 따뜻한 마음과 C AD의 기획이 제대로 맞아떨어진 결과였다.

우노뿐만이 아니었다. HT의 영상도 상당히 성공적이었다. 3주 동안 두 개의 영상을 찍었고, 업로드했다. 그 영상이 올라오자마자 사람들은 기다리고 있었다는 말로 반겨주었다. 하루에 3개씩 올라오던 영상이 한동안 안 올라왔으니 기다릴 만도 했다. 그리고 마지막 영상까지 본 사람들은 다음 영상까지 어떻게 기다리냐는 글들을 남겨놓았다.

이런 사람들의 반응은 신입 팀원들이 광고 일을 더 재미있다고 느끼게 만들었다. 하지만 기획 팀의 기존 멤버들은 무척이나 초조한 표정이었다. 세 사람 모두가 계속해서 시계를 확인했고, 휴대폰으로 메시지를 보내기도 하며 서성거렸다.

신입들은 세 사람이 초조해하는 이유가 아마 HT 일 때문이라고 생각했다. HT에서는 한 달간 진행한 이벤트라며 이제 이벤트가 끝이 났다는 안내를 했다. 그러자 대다수의 사람들이 아직 캐릭터 반도 나오지 않았는데 종료가 말이 되냐며 항의했다. 그 때문에 HT에서 이벤트를 연장하기 위해 C AD를 찾았고, 현재 조율 중이었다. 신입들 중 구 프로는 그동안 가장 친해진 범찬에게 넌지시 말했다.

"잘될 겁니다. 지금도 사람들이 다음 영상 빨리 올리라고 그러는데 HT는 선택지가 없죠."

"네? 그건 뭐 사무실에서 알아서 하겠죠. 대표님이 그런 거 담당이라서 걱정 안 해요."

범찬의 대답에 신입 팀원들은 고개를 갸웃거리며 눈빛을 교환했다.

"대표님이 미팅 가신 거 때문에 초조하신 거 아닙니까?"

"제가 초조해요? 에이, 잘못 보신 듯?"

"하루 종일 시계 보시고 계시는데요."

"아, 겸쓰가 어떤 걸 들고 올지 궁금해서 그런 거예요."

"네? 오늘 한국에 오신다면서요. 그럼 집으로 가시지 않을까요?"

구 프로의 말을 들은 세 사람의 입에서 동시에 웃음이 나왔다. 범찬 역시 실실 웃더니 입을 열었다.

"내기 하실래요? 전 무조건 회사로 온다!"

"그럼… 저도 회사로."

"같은 걸 고르면 어떡해요."

"세 분이 잘 아시겠죠. 그냥 전 상식적으로 생각하면 집으로 가지 않을까 한 건데 생각해 보면 세 분도 상식적인 분들이 아니니까 김 프로님도 회사로 오실 수 있을 거 같다는 생각이 드네요."

"내가 왜요! 내가 겸쓰였으면 무조건 집으로 가죠. 걔가 조금 이상하거든요. 안 그래도 회사로 오고 있다고 그러네요."

"와! 알고 계시면서 내기 하자고 그러신 겁니까? 속을 뻔했네."

범찬은 큭큭거리면서 웃었고, 사무실 팀원들도 피식거렸다.

"그런데 김 프로님 광고가 다른 광고들하고 그렇게 차이가 많이 나나요?"

"나죠. 뭔가 전체적으로 조화가 잘되어 있다는 느낌?"

"제가 보기엔 세 분도 정말 대단하신 거 같은데."

"아마 보면 생각이 달라질 거예요. 이따 오면 한번 보세요."

"촬영하고 오시는 거라면서요. 그런데 어떻게 봐요?"

"거기서도 자기 마음에 들게 편집해서 왔을 거예요. 아! 이건 저도 결과 모르는데 내기 하실래요?"

구 프로가 불안한지 고개를 절레절레 저었다. 그때, 노크도 없이 사무실 문이 벌컥 열렸다.

"제가 살아서 돌아왔습니다."

"겸쓰는요?"

"한겸이는요?"

"김한겸은 왜 안 와요?"

동시에 한겸을 찾는 말에 문을 열고 서 있던 임 프로는 서운하다는 표정을 지으며 말했다.

"제가 이렇게 살아 돌아왔는데 안 반가우신가 봅니다!"

"안 반갑기는요. 그런데 진짜 살이 왜 그렇게 빠졌어요?"

"그렇죠? 아… 진짜 김 프로님 따라다녀 보니까 세 분이 존경스러워지더라고요."

"크크크. 그런데 겸쓰는 왜 안 와요?"

"지금도 올라오다 말고 커피숍 구경하고 계세요. 제가 그동안 김 프로님을 쫓아다녀 본 결과, 기본 30분은 그러고 계실 거 같아서 저 먼저 올라간다고 하고 온 겁니다."

범찬은 크게 웃더니 말을 뱉었다.

"그렇게 힘들었어요?"

"그럼요. 일단 음식도 입에 안 맞지. 김 프로님한테 한식 먹으러 가자고 해도 시간 없다고 혼자 다녀오라고 하지!"

"원래 한겸이가 아무거나 잘 먹어요. 경용 씨랑 드시고 오시지. 아니면 다른 분들하고 다녀오시든가."

"몇 번은 그랬죠. 그런데 음식이 끝이 아니에요. 촬영하기 전에는 불만 해결한다고 이리저리 돌아다니기라도 했지 촬영 팀 오고부터는 움직이지도 않아요."

"크크, 또 모니터만 보고 있었네."

"맞습니다! 역시 아시네요! 분트 개점 시간이 8시거든요. 그런데 우리는 5시부터 촬영 준비해서 7시에 촬영 준비를 끝내요. 그리고 하루 종일 거기 앉아서 모니터만 보고 있는 거예요. 밤 10시까지. 그리고 짐 챙겨서 숙소로 돌아오면 11시가 넘어요. 그런데 그게 또 끝이 아니에요."

임 프로는 자신이 대만에서 겪었던 일을 하소연하듯 털어놓았다.

"숙소에는 경용 씨가 기다리고 있어요. 김 프로님, 저 그리고 경용 씨가 같은 방을 썼는데 거기서 밤새 음악 소리가 들려요. 늦게는 새벽 2시까지 들리기도 해요. 그리고 또 새벽 4시에 일어나는 거예요. 그걸 2주간 했습니다! 그러니까 살이 안 빠지려야 안 빠질 수가 없죠!"

"그래도 영상은 잘 나왔을 거 아니에요."

"그러니까 제가 아무 말도 못 하죠! 밤새 뚝딱뚝딱거리고는 아침에 눈뜨면 확인해 보라고 주는데 그게 또 기가 막혀요. 왜 방PD님이 화내면서도 밤에 자꾸 오는지 알겠더라고요. 한번 보실래요?"

"가져오셨으면 먼저 보여주시지!"

"가편집본이에요. 일단 한번 보세요. 전 김 프로님 데리고 올게요. 제가 안 가면 커피숍 앞에 하루 종일 계실 거예요. 참! 연프로님 저희 온 거 모르시죠?"

"그건 왜요? 며칠 전부터 계속 야근하시던데. 그거 겸쓰 때문이에요?"

"그럼 누구 때문이겠어요! 전 연 프로님 마주할 자신이 없어서 혹시 찾아오시면 못 봤다고 해주세요!"

임 프로는 외장하드를 건네고는 곧바로 사무실을 나갔다. 그러자 범찬이 수정에게 외장하드를 건넸고, 수정은 곧바로 컴퓨터에 연결했다. 신입 팀원들도 어떤 영상을 찍어 왔을지 궁금했는지 모두가 수정의 뒤로 몰려들었다. 그때, 화면을 보던 종훈이 혀를 내밀며 말했다.

"엄청 많네. 이거 다 편집하려면 Do It PD님들 죽어나가겠다."
"김한겹이 붙으면 더 힘들겠죠."
"그런데 뭐가 이렇게 많지?"

수정은 가장 최근 날짜로 저장되어 있는 파일을 재생했다. 그러자 음악이 들리면서 화면에 한 남자가 잡히기 시작했다. 카트를 밀고 오는 모습부터 시작해 계산을 하고 나가는 모습까지 담겨 있었다. 그 영상을 보던 신입 팀원들은 고개를 갸웃거렸다.

"어? 박 프로님 왜 웃고 있어요?"
"저요? 어… 이상하네. 그냥 마트에서 흔히 보는 모습인데 뭔가 행복한 느낌이네."
"남자 표정 때문인가? 진짜 말소리 하나도 안 들리는데 느낌이 묘하네요. 음악 때문에 그런가? 그냥 이것만 내보내도 광고처럼 보이겠어요."

신입들과 다르게 기존의 팀원들은 다시 화면을 재생했다. 팀원들은 몇 번이나 같은 화면을 재생하더니 어이가 없다는 듯 웃었다.

"모델 전부 일반인이라고 했죠?"

"응, 저런 표정 담으려고 얼마나 힘들었을까. 가식이 아니라 진짜 만족해하는 느낌이잖아."

"이런 걸 지금 100개가 넘게 찍어 왔다는 거 아니야. 진짜 김한겸 미친 거 같아."

"방수정, 메인 찾아 봐."

수정은 파일을 뒤적거리더니 이내 고개를 갸웃거렸다.

"메인이 없는데?"

"메인이 왜 없어? 이거 전부 포토 모자이크 하려고 찍어 온 거일 텐데 그럼 메인이 있어야지."

"몰라. 메인이라고 적힌 게 안 보여."

"뭐야, 숨겨놓은 건가?"

팀원들은 메인 영상을 찾기 위해 다른 영상들을 살폈다. 대부분의 영상들이 비슷한 느낌이었다. 전부 하나같이 만족해하거나 행복해하는 표정들이었고, 카메라를 보며 환한 미소를 보이며 끝이 났다. 한참을 보던 중 종훈이 갑자기 흠칫 놀라더니 팔을 쓰다듬었다.

"어우, 소름. 지금 음악 다 다른 거 알고 있어?"
"어? 진짜!"
"아까 건 조금 포근하고 이건 조금 활기차고 느낌이 조금씩 달라. 그러면서도 영상 자체는 비슷하고."

팀원들은 영상을 재생시켜 음악을 들었다. 다행히 모두 다른 것은 아니었다. 그래도 곡의 수가 상당했다. 팀원들이 도무지 이해가 가지 않는 표정으로 영상을 보던 중 사무실 문이 열리더니 한겸이 들어왔다.

"오랜만……."
"야! 이거 메인이 뭐야?"
"오랜만에 봤는데 인사부터 좀 하자."
"안녕! 됐지. 메인이 뭐냐니까?"

한겸은 피식 웃더니 팀원들에게 가볍게 고개를 숙여 인사를 건넸다. 그러고는 자신의 대답을 기다리는 친구들에게 다가갔다.

"메인 못 정했어."
"어? 네가? 네가 메인을 못 정했다고?"

"응, 다 비슷비슷해서. 영상은 봤어?"

"보고 있었지. 진짜 메인 못 정했어? 그럼 어떻게 하려고?"

한겸의 두루뭉술한 대답에 팀원들은 믿기 어렵다는 듯한 표정을 지었다. 그러자 옆에 있던 임 프로가 고개를 저으며 말했다.

"왜 또 그렇게 말씀하세요."

"제가 뭐요?"

"그냥 전부 메인이다라고 말씀하시면 될 걸 왜 다 메인 아니다라고 말씀하셔서 궁금하게 하시냐고요."

"메인이기도 하면서 메인이 아니기도 하잖아요."

"어후……."

팀원들은 두 사람의 대화를 도무지 알아들을 수 없었다. 그때, 종훈이 모니터와 한겸을 번갈아 보더니 설마 하는 표정으로 입을 열었다.

"혹시… 배경음악을 다르게 할 셈이야?"

"들었어요? 경용 씨가 진짜 고생 많이 했어요. 대단한 분 같아요."

"그래서 배경음악이 다 다른 거였어?"

"다 다르진 않아요. 4가지예요."

종훈의 말에 한겸은 씨익 웃었고, 아직 알아듣지 못한 범찬은 종훈을 재촉했다.

"뭔데! 뭔데요! 왜 나만 몰라!"

"저기 있는 영상들로 전부 포토 모자이크 할 셈 같은데……."

"저렇게 많은 걸요? 에이, 말도 안 돼. 그럼 100개가 넘는데! 뭐야, 겸쓰 넌 왜 웃어! 진짜야?"

한겸은 피식 웃으며 고개를 끄덕거렸다.

"완벽한 모델이 있으면 그 모델을 쓰려고 했는데 실제 고객들이다 보니까 마음대로 안 담기더라고. 그래도 가장 마음에 드는 것들만 추렸어. 그 추린 걸 모아놓고 보니까 딱히 뭐 하나 고르기가 어렵더라고."

"그래서 각각 다른 영상을 제작하겠다? 그래서 분트에 그걸 직접 고르라고 할 생각이야?"

"그걸 왜 분트에서 골라. 전부 내보낼 건데. 너희도 30개 넘게 내보내고 있잖아."

"그건 TV광고가 아니잖아. 이걸 TV광고에 어떻게 내보낼 건데!"

"그냥 순차적으로 내보낼 건데. 주요 방송사 5곳하고 케이블까지 내보낼 거야. 아직 편집을 해봐야겠지만 영상은 100개가 조금 넘을 거야. 백 개 차례대로 내보낼 거야."

"그게 된다고?"

"될걸?"

범찬은 말도 안 된다고 생각하며 고개를 저었다. 그때, 갑자기 사무실 문이 벌컥 열리더니 미디어 플랜 팀의 연 프로가 들어왔다.

"김 프로님 오셨죠?"

"안녕하세요."

"하아, 안녕… 후우! 일단 안녕하세요. 그런데 도대체 그런 생각은 어디에서 나오신 거예요!"

"안 됐어요?"

"후우, 되긴 했죠! 저희가 김 프로님 기획대로 하려고 예전에 일하던 회사 때 만들어뒀던 라인까지 사용해 가면서! 한국 미디어 랩사를 통해 대만 미디어 랩사를 알아보고! 아주 며칠을 잠도 못 자가면서 계약하기로 한 곳이 8곳이에요!"

"대표님한테 얘기했는데 사무실하고 같이 하시지 그러셨어요."

"지금! 사무실 난리도 아닌 거 아시죠? 미국 분트에서 찾아오고 HT하고 조율하고 그러고 있어서 지금 저희가 다 알아서 하고 있는 중이에요! 보고도 못 했어요."

한겸은 투덜거리는 연 프로를 보며 씨익 웃었다.

"아무튼 된 거죠?"

"그렇죠! 진짜 며칠 내내 가능한 미디어 랩사 뚫느라고 죽을 뻔했습니다!"

"진짜 고생 많으셨어요."

연 프로에게 감사 인사를 한 한겸은 미소를 지은 채 팀원들을 봤다.

"봐, 되잖아."

제3장

TX 기획

C AD 직원들은 한겸을 보며 헛웃음을 뱉었고, 한겸은 이미 될 줄 알았다는 듯 웃고 있었다. 한겸은 연 프로를 물끄러미 보더니 입을 열었다.

"진짜 고생 많으셨어요. 그런데 생각보다 빨리 하셨네요."

"후. 김 프로님 기획 덕분에 예전에 일하던 곳하고 거의 일 년 만에 연락했습니다. 해외 랩사 연결해 주는 곳인데 오랜만에 전화해서 얼마나 민망하던지."

"고생하셨어요. 그래서 그런지 피곤해 보이시네요."

"안 그래도 저희 진짜 세 명이서 하느라 잠도 제대로 못 잤습니다. 저는 그렇다 쳐도 애들은 아주 쓰러지기 일보 직전이에요."

"대표님한테 제가 말씀드릴 테니까 오늘은 이만 퇴근하세요."

"다른 때 같았으면 사양했겠지만, 오늘은 그래야 할 것 같네요. 혹시 대표님이 찾으시면 내일 보고는 내일 한다고 꼭 말씀해 주세요. 그리고! 다음부터는 미리! 꼭 미리! 말씀 주세요!"

연 프로가 사무실을 나가자 범찬이 약간 놀란 듯 혀를 내밀었다.

"연 프로님 저렇게 화내는 거 처음 봐. 겸쓰 대단하다. 연 프로님 화내게 만들고."

"화내시는 거 아닌 거 같은데. 열심히 했으니 알아봐 달라고 그러는 거 같은데."

"그걸 그렇게 받아들여? 어우, 대단하다 진짜. 네가 이런 놈이란 걸 알고 있긴 했는데 그래도 막무가내로 시킬 줄은 몰랐네!"

"막무가내 아니야. 처음부터 될 줄 알고 있었어."

"어떻게 알아?"

"알아보니까 대만은 우리나라처럼 모든 곳을 뚫어놓기보다는 주로 한곳하고만 일하더라고. 여러 곳에 다리 걸치고 있는 곳 보면 대부분 외국회사였어. 그래서 외국회사들보다 한곳에 오랫동안 관계를 만든 대만 회사들이라면 가능할 거 같았어. 광고도 방송인데 방송국하고 오래 관계를 맺고 있는 만큼 방송국이 해당 미디어 랩사를 믿고 있다는 말이잖아. 문제는 우리가 그 미디어 랩사를 설득하는 거고. 연 프로님이 잘해주셔서 결과는 보다시피 성공했고."

"안 됐으면? 어쩌려고 그랬는데?"

"안 되면 될 때까지 해야지. 이번 광고는 이렇게 내보내는 게 맞아."

"안 되면 될 때까지? 너 혹시 내가 모르는 사이에 해병대 캠프라도 다녀왔냐?"

한겸은 피식 웃었다. 촬영 당시 한겸도 메인모델을 찾기 위해 상당히 고생했다. 같은 배경으로 촬영을 하다 보니 다른 장면이 나오지 않았다. 그나마 다행인 건 색이 보이는 사람이 있었다는 것이었다. 한겸이 가장 먼저 한 건 색이 보이는 사람들만 추리는 일이었다. 하지만 다 추렸음에도 메인을 찾을 수가 없었다. 그래서 한겸은 음악을 넣어 온전한 색이 보이는 사람을 메인으로 쓸 생각으로 경용에게 부탁했다.

경용은 영상을 보며 곡을 만들기 시작했고, 비슷한 장면임에도 경용이 만든 곡은 신기하게 달랐다. 그런데 경용도 그 이유를 설명하지 못했다. 그저 그렇게 느껴진다고 했고, 한겸은 그 말에 힌트를 얻고 영상을 살폈다. 확실히 조금씩 달랐다.

한겸은 직접 비교를 해주기 위해 수정의 컴퓨터로 자리했다. 그러고는 영상 하나를 찾아 재생했다.

"잘 봐."

영상에는 어린아이와 부부가 나왔다. 부부는 한숨을 뱉는 한편 뿌듯해하고 있었고, 부모 옆에 있는 아이는 무척이나 신이 난 표정이었다.

"어때?"
"좋긴 한데 뭐가 달라?"
"다 다르지. 그럼 무슨 내용 같아?"

뒤에서 화면을 보던 신입 직원 중 양 프로가 조심스럽게 입을
열었다.

"부모는 저 꼬마가 갖고 싶다고 조르던 걸 사줘서 속이 시원하
면서도 좋아하는 아이를 보니 뿌듯해하는 것 같은데요. 아이는
자기가 갖고 싶은 걸 갖게 돼서 기뻐하는 것 같고요."
"어? 정답! 정확히 아시네요?"
"저도 아이가 있어서요. 허구한 날 얼마나 조르는지. 저거 보
니까 계산대 앞에서 저도 비슷한 표정이지 않을까 생각이 들더
라고요."

한겸은 웃으며 고개를 끄덕거렸다. 그러고는 또 다른 영상을
재생시켰다. 영상에는 중년의 여성이 손뼉까지 치며 계속해서
말을 걸고 있었다. 그리고 마지막에는 무척이나 만족해하는 표
정으로 웃으며 영상이 끝났다.

"이건?"
"말소리도 안 들리는데 이걸 어떻게 알아."

"중국어인데 들려도 모르잖아."

"그냥 느낌이란 게 있잖아."

"그래서 영상만 본 느낌은 어때?"

"퀴즈도 아니고. 그냥 아줌마들처럼 자기 얘기 하고 그런 거 아니야?"

"정답!"

"뭐? 그게 정답이라고? 그게 광고랑 무슨 상관이야."

그러자 옆에 있던 임 프로가 잠시 이마를 부여잡고는 고개를 저었다.

"분트 직원분들이 진짜 고생하셨죠."

"그분들이 왜요?"

"김 프로님이 그런 영상들마다 들고 다니면서 직원분들한테 어떤 대화를 나눴는지 묻고 다니셨습니다. 직원들이 한두 명 상대하는 것도 아닌데 대답이 떠오를 때까지 물으니까 직원분들도 그다음부터는 대화 내용까지 기억하려고 신경 쓰더라고요."

"와… 국제적으로 민폐네."

"그런데 신경 쓰니까 고객들이 더 좋아하더라고요."

"그런데 무슨 대화인데요?"

"전에 분트에 왔을 때는 사람도 많고 계산도 오래 걸려서 힘들었는데 운영이 바뀌고 나서부터는 그런 게 없다고 좋아하는 겁니다. 자기가 겪었던 걸 캐셔분들한테 얘기하는 거죠."

한겸은 웃으며 고개를 끄덕거렸다.

"별건 아니더라도 다 각자가 가진 사연이 있더라고. 그래서 한 가지를 고르기보다는 모두 다 사용하는 게 좋을 것 같았어. 경용 씨가 다른 음악을 만들길래 뭐가 다른지 찾아보니까 그래도 분트로 인해 만족하고 행복하다는 건 같았지만 각자 만족해하는 이유는 다르더라고. 그래서 그 모든 걸 보여주고 싶었어."
"그래서 100가지가 넘는 영상을 준비했다?"

한겸이 웃으며 고개를 끄덕거릴 때, 옆에 있던 임 프로가 깜짝 놀라면서 입을 열었다.

"엄 PD님하고 식사하기로 하시지 않으셨어요?"
"아직 약속 시간 안 됐어요."
"엄 PD님이라면 먼저 와서 기다리지 않을까요? 항상 약속 시간보다 일찍 나와서 기다리시던데. 제가 연락해 볼까요? 회사 앞에서 기다리고 있으면 올라오시라고 하고요."
"네, 도착했으면 회사로 올라오라고 해주세요."

임 프로가 전화를 하는 사이 수정이 한겸을 물끄러미 보며 말했다.

"밥도 안 먹고 다녔어?"
"비행기 타자마자 잠들었어. 내려서는 너희들한테 이거 보여주려고 곧바로 왔고."

"참 대단해."

그때, 통화를 마친 임 프로가 어이가 없다는 듯 고개를 저었다.

"10분 전에 도착하셨대요. 왔으면 연락을 하지. 엄 PD님은 기다리는 게 재미있나 봐요."

잠시 뒤 경용이 커피를 들고 올라왔다. 그러자 팀원들이 경용을 보며 안쓰러운 눈빛을 보냈다.

"와… 겸쓰한테 얼마나 시달렸으면 2주 만에 살이 저렇게 빠졌어."

"엄청 피곤해 보이시는데."

"저런거 보면 김한겸이 가끔 악마처럼 보이기도 해."

경용은 자신의 볼을 쓰다듬으며 웃었다.

"김 프로님이 시킨 게 아니라 제가 좋아서 하는 거예요."

"그런데 식사도 하시기 전에 커피는 왜 드세요. 속 버리게."

그러자 경용이 손에 들린 커피를 보더니 웃으며 입을 열었다.

"이거요? 제가 가게 앞에 서 있으니까 주인처럼 보이시는 분이 들어오라고 하시더니 커피 주시더라고요."

그 말을 들은 팀원들은 입술을 꾹 깨물고 고개를 돌렸고, 범찬은 한겸을 노려보며 말했다.

"너 때문에 우노 사장님이 오해했네. 얼마나 피곤해 보이면 오해했겠어."

＊   ＊   ＊

TX 김 팀장은 미치기 일보 직전이었다. 한 달이 넘도록 최 이사에게 욕을 먹고 있었다. 오늘로 세 번째 음원이 출시되었고, 이번에도 최 이사가 돌아오는 즉시 욕을 먹을 게 분명했다.

"아, HT 광고 때부터 완전 망했어."
"그러니까요. 무슨 억하심정이 있는지 우리가 이벤트 할 때마다 이상한 걸 하네요."
"화이트 나올 때는 박재진 노래를 내더니 우리 두 번째 퍼플 나올 때는 이상한 광고를 내보내는 게 말이 되냐? 화이트에 힘을 빡 줬는데 그게 흐지부지 끝나 버리니까 뒤에도 힘을 못 발휘해. 거기다가 그 이상한 광고까지 내보내서 죄다 그 광고만 얘기를 해."
"정말 걱정이에요. 콘서트는 그나마 팬들이 반응을 하는데…

일반 소비자들은 노래가 나왔다는 것조차 모르니까요. 오늘 나오는 퍼펙트 블루도 아직 10위에도 못 들었어요."

"아, 미치겠다. 스트레스 때문에 머리카락이 다 빠진다."

"진짜 도날에 있을 때는 사장님이 일에 관심이 없어서 그렇지 편하긴 했는데……."

"나도 그렇다. 그냥 우리가 두립 광고 따 온 걸로 컸으면 혹시 알아? C AD처럼 유명해졌을지?"

모두 작은 광고대행사 도날 출신으로만 팀이 이루어진 상태였다. 그래서 서로 돈독하기는 했지만 회사 전체로 보면 미운 오리 새끼나 다름없었다. 대부분의 일을 자료 준비나 피드백 위주로 진행하고 있었지만, 그럼에도 욕이란 욕은 전부 먹고 있었다.

"우리 잘라 내려고 그러는 건 아니겠죠?"

"마음 같아서는 내가 그만두고 싶다."

"팀장님이 그러시면 저희는 어떻게 해요. 저희는 매달 나가는 돈이 있어서 그만두지도 못하는데!"

"나도 그래. 그냥 해본 말이야."

그때, 팀원 중 한 명의 전화가 울렸다. 번호를 보던 직원은 고개를 갸웃거리며 팀장을 봤다.

"어? 이 번호, 아름 랩사 이 실장님인데……."

"아름? 아름 이 실장이 왜 전화를 해?"

"저도 모르겠는데요. 왜 전화한 거지… 괜히 미안하게. 전화받았다가 자기네들하고 같이 일하자고 아쉬운 소리 하면 곤란한데 받지 말까요?"

예전 회사에 있을 때는 협업 업체였지만, TX로 옮긴 뒤부터는 거래가 끊긴 곳이었다.

"그냥 받아서 인사나 해. 오랜만에 전화한 거 보면 용기 내서 했을 텐데."
"전 미안해서 못 하겠어요. 거기 대표님이 얼마나 잘해주셨는데. 우리 태국 여행 광고 찍을 때도 태국 랩사 다 뚫어주고 그랬는데 인사도 안 했잖아요."
"야, 우리가 무슨 힘이 있냐. 내가 받을게. 전화나 줘봐."

팀원은 고민도 하지 않고 김 팀장에게 휴대폰을 건넸고, 김 팀장은 전화를 한번 쳐다본 뒤 통화 버튼을 눌렀다.

"이 실장님 안녕하셨어요. 전 김강헌입니다."
—네, 오랜만이에요. 연 과장님 계세요? 전화를 안 받으셔서요.
"연 과장이요? 용환이 말씀하시는 건가요?"
—네. 연락을 안 받으셔서 혹시 같이 일하시는 건가 해서요.
"같이 일하고 있진 않습니다."
—아, 그래요? 찬용 씨하고 기정 씨도 같이 일한다고 그래서

혹시나 같이 일하시는 줄 알았네요. 실례가 많았습니다.

"잠시만요! 찬용이면 도날에 있을 때 수습이던 김찬용, 박기정 말씀하시는 거예요?"

—모르셨어요? 연 과장님이 아, 이제 연 프로라고 하라고 했지. 아무튼 연 프로님하고 두 분 같이 일하세요.

김 팀장은 미안함에 괜히 애꿎은 코만 만지작거렸다. 도날에 있을 때도 용환이 계약직 직원들을 잘 챙겼기에 그럴 수 있다고 생각했다. 그때, 아름 이 실장의 말이 들렸다.

—도날에 있을 때 김 부장님도 연 프로님하고 친하셔서 혹시 같이 C AD에서 일하시는 줄 알았네요. 그럼 실례가 많았습니다.

"C AD요……? 여보세요? 이 실장님!"

볼일이 없어서인지 상대방이 전화를 끊어버렸다. 그러자 김 팀장의 말을 들은 팀원들은 궁금해하는 표정으로 입을 열었다.

"갑자기 C AD가 왜 나와요? 거기가 왜요?"

"용환이가 C AD에 있다는데……?"

"연 과장님이요? 진짜요? 대박!"

김 팀장은 쉽게 믿을 수 없는지 넋이 나간 표정이었다. 그때, 누군가가 책상에 서류를 집어 던졌다.

"근무 태도하고는. 여기 꼬라지 보니까 오늘 퍼펙트 블루가 망한 게 이해가 되네. 김 팀장, 넌 당장 내 방으로 따라와."

김 팀장은 그제야 정신을 차렸다. 그러고는 최 이사의 등을 보며 얼굴을 찡그렸다.

*   *   *

TX기획의 김 팀장은 어이가 없다는 표정으로 최 이사를 봤다. 욕을 먹을 거란 걸 알았지만, 이번은 욕으로 끝난 것이 아니었다.

"당신 팀에서 내놓은 기획으로 말아먹은 예산이 얼마인지 알지? 처음에 뭐? 네 가지 버전으로 광고하자고 했고, 시작부터 망해 버렸고. 그 뒤로 억지로 붙잡느라고 내놓은 콘서트 기획도 망해 버렸지. 인정하지?"

C AD에서 내놓은 기획이 너무 인기를 얻는 바람에 효과가 없었던 것이었는데 DIO80의 마케팅 실패의 원인을 전부 자신에게 돌리고 있었다. 거기다 그 모든 걸 자신에게 덤터기 씌우려고까지 하고 있었다. 김 팀장은 억울한 표정으로 입을 열었다.

"네 가지 버전 광고는 제가 아이디어를 처음 냈던 건 맞지만 저희가 전체적으로 기획을 한 건 아닙니다. 총괄 팀에서 주도해 온 기획인데……."

"알지. 그럼 콘서트는?"

"그건 최 이사님이 그렇게 하라고……."

"내가? 내가 언제! 그런 예를 들면서 그런 것 같은 아이디어를 내라고 했지! 말을 똑바로 해야지. 지금 자신이 할 일에 대한 책임을 남에게 돌리려는 거야?"

김 팀장은 어이가 없었다. '지금 네가 그러고 있잖아'라는 말이 턱끝까지 올라와 있었다. 툭 건드리기만 해도 나올 것 같은 말을 밥줄이 달려 있다는 이유로 죽을힘을 다해 참고 있었다.

"그리고 당신 팀이 그동안 제대로 된 기획을 냈었던 적이 한 번이라도 있었어? 없었잖아. 한 번이라도 있었으면 이번 일을 무마시킬 수 있었을 텐데 알다시피 자네 팀은 그동안 성과가 전혀 없었지."

"기회를 안 주셨는데 저희가 뭘 어떻게 해야 했을까요."

"그래서 내가 남들이 말리는데도 기회를 준 거잖아. 그걸 날려 버린 건 당신이고."

김 팀장은 어이가 없는 말에 어떤 대답을 해야 할지 아무런 생각도 떠오르지 않았다. 그때, 최 이사가 자비로운 표정을 지으며 말했다.

"물론 나도 자네 팀이 노력했다는 건 알아. 그런데 실패를 했는데 어쩌겠나. 회사의 구성원이면 성과를 보여야 하잖아. 위에서 정리를 하라고 하더군."

"네……?"

"놀라지 말고 들어. 내가 김 팀장 고생한 걸 아는데 그럴 순 없다고 했지. 그래도 구조조정은 좀 필요해. 자네 팀원이 7명이지?"

김 팀장은 불안한 마음에 대답을 하지 못했다.

"아무튼 그중에 3명은 어쩔 수 없이 구조조정을 해야 해."

"다른 팀들은… 그대로 유지입니까?"

"자네 팀원들이 그 팀으로 들어가려면 유지가 될 수밖에 없잖아."

김 팀장은 자신도 모르게 헛웃음을 뱉었다. 예전 도날에서 넘어올 때 계약직 직원들을 버리고 온 것에 대한 벌을 받는 것 같았다. 그때, 최 이사가 흘리듯 말을 했다.

"팀을 유지하는 방법도 있긴 한데……. 김 팀장이라면 당연히 유지하고 싶겠지?"

"네? 네! 제가 어떻게 해야 할까요."

"그럼 자네 팀 전부 부산으로 가. 부산에 가서 일 좀 도와."

"부산이면… 지역광고 제작하라는 말씀이십니까……?"

"어, 지금 부산 TX가 부진하거든. 자네가 가서 힘 좀 써. 거기서 제대로 하면 다시 올라올 수 있을 거야."

"⋯⋯."

"왜, 싫어? 싫으면 뭐, 어쩔 수 없고."

"생각할 시간을 조금 주시면 안 될까요?"

"당연하지. 이번 주까지 생각하고 결정해."

그 말을 끝으로 최 이사는 입을 닫았고, 다른 때와 마찬가지로 손을 저어 나가라는 신호를 보냈다. 김 팀장은 그런 최 이사를 한번 쳐다본 뒤 이사실을 나왔다.

김 팀장이 자리로 돌아오자 팀원들은 어김없이 총알받이를 하고 온 김 팀장을 위로했다.

"최 이사가 이번엔 뭔 트집을 잡았어요?"

"어휴, 진짜 왜 맨날 우리 팀만 못 잡아먹어서 안달이야."

"우리 이번 기회에 단체로 확 파업이라도 할까요? 아니면 단체로 사표라도 내버려요?"

그 말을 들은 김 팀장은 쓸쓸한 미소를 지었다.

"진짜 그만둘래?"

"에이! 그냥 한 소리죠. 좀 있으면 아빠 되는데 일 그만둔다고 그러면 집에서 쫓겨나죠."

"다른 사람들은?"

"그냥 한 말인데 왜 그렇게 진지하세요? 최 이사가 뭐라고 그랬어요?"

다른 때 같았으면 욕부터 했을 김 팀장이 진지한 표정을 짓고 있었다. 그러자 팀원들은 분위기를 눈치챘는지 서로 시선을 교환했고, 이내 각자의 입장을 얘기하며 그만두는 건 아니라는 의견을 냈다. 팀원들의 말을 듣던 김 팀장은 의자에 몸을 기대고는 한숨을 뱉었다.

"후."
"진짜 무슨 일 있어요? 왜 그러세요?"
"최 이사가 우리 팀 3명 자르래. 그리고 우리 팀은 해산돼서 다른 팀으로 들어갈 거고."
"네? 그게 말이 돼요? 이제 겨우 도날에서 넘어온 지 1년 됐는데 이렇게 자른다고요?"
"이미 이번 일 실패한 걸 우리 탓으로 돌리고 있어."
"아, 쓰레기 새끼!"
"다 같이 가려면 부산으로 가라고 하더라."

김 팀장의 말을 들은 팀원들의 표정이 일그러졌다.

"부산이요? 부산이면 동네 케이블방송에 나가는 광고랑 전단지 만들라는 말이에요?"
"그 조건 안 받아들일 거면 몽땅 그만두라는 말이네."

"부산 자체는 괜찮은데… 부산 TX로 가는 건 좀……."

"대출받아서 신혼집 마련했는데 부산에 어떻게 가요……."

아무리 욕을 먹더라도 회사를 나갈 수 없다는 입장인 팀원들이 있는 반면, 화를 내는 팀원들도 있었다.

"에이! 더러워서 못 해먹겠네! 팀장님, 제가 그만둘게요. 잘리는 거니까 실업급여는 받을 수 있는 거죠?"

"저도요! 그냥 그만두고 인터넷에 상사 갑질 한다고 다 올려버리는 게 속 편하지. 이러다가 암 걸릴 거 같아요!"

그 말을 들은 김 팀장은 여러 가지 감정이 뒤섞였다. 이제 한 명만 더 그만둔다고 하면 된다는 생각이 들기도 했다가 남은 한 명이 자신이어야 하나 불안하기도 했다. 그러던 중 스스로가 부끄럽게 느껴졌다. 또 팀원들을 버리고 자신만 살아남으려 하는 스스로가 한심했다.

"다음 주까지 생각해 보란다. 일단 어느 방법이 좋을지 조금 더 생각해 보자. 섣부르게 후회할 행동 하지 말고."

그때, 아무런 말도 하지 않고 있던 직원 한 명이 툭하니 말했다.

"예전에도 이런 일 있었다더니 진짜였네."

"그게 무슨 말이야?"

"TX가 여러 회사들이 합쳐져서 만들어진 거잖아요. 그때도 저희처럼 회사 규모에 안 맞는 광고를 수주한 곳이 있었나 보더라고요. 그곳도 TX에 흡수됐고요."

"그 사람들도 전부 잘렸어?"

"네. 오래된 얘기라서 설마 했는데 지금 우리가 그 꼴 같은데요. 사장 놈은 이미 얻을 거 얻은 다음 튀어버렸고, 우리만 뭐⋯ 낙동강 오리알 된 거 같아요."

"그걸 어떻게 알았어?"

"예전에 연 과장님이 합병 반대하실 때 하신 얘기잖아요. 이럴 줄 알았으면 연 과장님한테 붙어 있을걸. 그럼 C AD에 있을 수도 있었는데."

팀원들은 모두 공감한다는 표정으로 고개를 끄덕거렸다. 그러던 중 그만둔다고 말했던 팀원 한 명이 자리에서 일어났다.

"에이, 아무튼 전 그만둡니다. 그만두고 SNS에 상사 갑질부터 회사에서 있었던 일 전부 까발릴 거예요."

"너 그러다 이 바닥에서 일 못 해."

"어차피 안 할 거예요. 매일 야근만 하고! 광고주 눈치 봐야 되고! 상사 눈치 봐야 되고! 더러워서 못 하겠어요."

"남아 있는 사람들한테 피해가 갈 수도 있는 걸 생각해야지."

"아니! 나가면서까지 눈치를 봐야 돼요? 하아."

"우리끼리는 얼굴 붉히지 말자."

김 팀장은 나가려던 팀원을 다독였다. 하지만 불안의 씨앗이 심어진 팀원들은 쉽게 진정되지 않았다. 그중 아까 TX에 대해서 얘기했던 팀원이 입을 열었다.

"우리 연 과장님한테 연락해 볼까요? 얼마 전에 C AD에서 기획 팀 직원 뽑았거든요. 회사 일은 많은데 4명밖에 안 뽑은 걸 보면 여력이 남아 있을 거 같은데. 혹시 연 과장님이 초창기 멤버면 힘이 좀 있지 않을까요?"

"네가 그걸 어떻게 알아. 너 혹시 이직하려고 했었어?"

"아니요! 그냥 궁금해서 알아본 거죠."

김 팀장은 어이가 없다는 듯 팀원을 봤다. 그러고는 이내 고개를 저으며 입을 열었다.

"우리가 용환이 얼굴 어떻게 보냐. 용환이는 그렇다 쳐도 계약직에 있던 애들 둘은. 걔네들 기획으로 우리가 두립 광고 따 온 거나 다름없는데!"

"우리가 그랬나요. 사장 새끼가 결정한 거죠."

"지금도 벌받고 있는 거 같은데 그러다 우리 더 큰 벌 받아. 개인적으로라도 연 과장한테 연락해서 그런 부탁 하지 마라."

"하고 싶어도 못 해요. 전화번호도 바꿨던데."

"바뀐 건 또 어떻게 알아!"

"……."

김 팀장은 한숨을 크게 뱉었다. 그때 용환과 같은 선택을 하지 못했던 것이 후회되었다.

*　　　　　*　　　　　*

한 건물 앞에 걸음을 멈춘 TX기획 김 팀장은 그 건물을 물끄러미 쳐다봤다. 주변에 있는 사무실들이 전부 불이 꺼져 있었음에도 그 건물만 전체가 불이 켜져 있었다.

"아담하네. 이런 곳에서 그런 광고들이 나온 거였네."

C AD 건물을 보자 예전 회사인 도날 때의 기억이 솟구쳤다. 김 팀장이 C AD까지 찾아온 이유는 딱히 없었다. 용환을 만나서 무슨 부탁을 하려는 것도 아니었고, 그렇다고 사과를 할 용기도 없었다. 그저 합병 당시 용환이 내렸던 결단처럼 자신도 그런 용기를 얻고 싶었다.

"그래, 용환이도 다시 일어났는데… 나도 할 수 있겠지."

일부러라도 말을 해서 용기를 내려 했지만, 인생이 걸린 문제이다 보니 쉽게 결정을 할 수가 없었다. 그때, 건물 안에서 누군가가 나왔고, 김 팀장은 자신도 모르게 뒤를 돌았다.

"겸쓰 기다리라고 했었어야 됐는데!"

"넌 오늘 돌아온 애한테 그렇게 꼭 자랑해야 돼?"

"해야지! HT에서 우리 바짓가랑이 붙잡고 사정사정했다고 자랑해야 될 거 아니야! 그리고 오늘 못 하면 내일부터 또 부평으로 출근할 텐데 언제 자랑해."

"전화로 해."

"전화로 하면 느낌이 안 나. 겸쓰라면 또 일하느라고 대충 들을 게 뻔하거든. 앞에 앉혀놓고 말해야 돼."

"그럼 주말에 찾아가든가."

"찾아갔다가 잡히면 큰일 나. 대표님이 조금 일찍 결과를 가져왔으면 바로 자랑할 수 있었는데."

뒤돌아 대화를 듣던 김 팀장은 용환의 목소리가 들리지 않자 그제야 고개를 돌렸다. 상당히 젊은 사람들이 보였고, 그들 옆에 있던 날카로운 인상의 남자가 입을 열었다.

"내가 문제였군?"

"꼭 문제는 아니고요. 그냥 농담이죠. 아! 연 프로님 오늘 일찍 퇴근한 거 겸쓰한테 들으셨어요?"

"들었다. 아무래도 플랜 팀 인원도 늘려야겠더군. 아무튼 오늘도 고생했고 내일 보자. 그리고 다음부터는 결과를 일찍 가져오마. 오늘 술 조금만 마시고."

"농담이라니까요? 마음에 담아두신 거 아니죠?"

남자는 그 말을 끝으로 가버렸고, 젊은 사람들은 쉴 새 없이 떠들었다. 그리고 잠시 뒤 건물 안에서 사람들이 우르르 나왔다.

"오늘 곤드레 밥에 소주 맞죠? 또 돈가스 먹으러 가면 우리는 따로 가고요!"

"당연한 거 아닌가요! 겸쓰 없이 우리끼리 HT하고 계약을 연장했는데 먹고 싶은 거 먹어야죠!"

"그런데 플랜 팀이 빠져서 조금 허전하네요."

"플랜 팀 오면 그때 또 먹어야죠! 가시죠!"

"역시 최 프로님!"

"아, 뭔가 기분 나쁜 역시인데."

건물에 불이 꺼진 걸 보면 C AD 전 직원이 회식을 하러 가는 듯 보였다. 대표부터 회사의 모든 직원이 굉장히 친해 보였다. 그들이 말하는 플랜 팀이라면 용환이 속해 있는 부서일 것이었다. 용환까지 챙기는 모습을 보자 너무나 부러운 한편, 잘됐다는 마음이 들었다. 김 팀장은 부러운 마음에 C AD 직원들의 모습이 사라질 때까지 쳐다봤다. C AD 직원들이 보이지 않자 부러운 마음이 가시더니 공허함이 가득 찼다.

"저렇게 될 순 없겠지… 후……."

답답한 마음에 한숨을 뱉고 머리를 헝클어뜨릴 때, 건물에서

유일하게 불이 켜져 있던 커피숍 문이 열리더니 누군가가 나왔다. 그러고는 자신을 물끄러미 보더니 입을 열었다.

"커피 한잔하세요."

＊　　　　＊　　　　＊

갑자기 커피를 마시라는 말에 TX 김 팀장은 손가락으로 자신을 가리키며 물었다.

"저요?"
"네, 아직 날씨도 쌀쌀한데 몸이라도 좀 녹이고 가세요."
"괜찮습니다."
"제가 대접해 드리고 싶어서 그래요. 들어오세요."

김 팀장은 어리둥절한 얼굴로 주인에게 이끌려 커피숍 안으로 들어갔다. 그러자 주인은 커피를 준비하며 말을 걸었다.

"아직 춥죠? 법원이 업무를 일찍 마쳐서 그런지 이 동네 사무실들도 이 시간대면 문을 연 곳이 별로 없어요."

김 팀장은 자신을 오해하고 있는 주인의 말에 멋쩍게 웃었다. 차라리 일이 있어서 이곳을 찾은 거면 더 마음이 편했을 것 같았다.

"커피 가져다 드릴 테니까 안쪽에 앉아계세요."

"얼마죠?"

"괜찮아요. 제가 대접해 드리는 거예요. 오늘은 그냥 드시고 나중에 저희 커피 드시고 싶으시면 그때 사 드세요."

김 팀장은 피식 웃었다. 이런 작은 커피숍까지도 살아남기 위해서 마케팅을 펼치고 있었다. 김 팀장은 이왕 들어온 김에 커피나 한잔 마시고 갈 생각으로 자리에 앉았다. 처음에 들어왔을 때는 자신이 처한 상태 때문에 인테리어 같은 것들이 눈에 들어오지 않았는데 주인의 태도를 보자 인테리어가 눈에 들어왔다. 뻥 뚫린 일반 커피숍과 달리 조금은 막혀 있는 구조였고, 알 수 없는 판들까지 세워져 있었다.

'다른 커피숍과 차별성을 두려고 이렇게 만든 건가? 재미있네.'

커피숍 내부를 살피다 보니 답답했던 마음이 조금 가시는 기분이었다. 그리고 이런 작은 곳에서도 마케팅을 펼치는 모습을 보자 부산으로 가는 것도 괜찮을 것 같다는 생각도 들었다. 그때, 주인이 커피를 들고 다가왔고, 김 팀장은 보답할 생각으로 조심스럽게 입을 열었다.

"감사합니다. 그런데 이 인테리어는 차별성을 두려고 한 건가요?"

"음, 뭐라고 그랬더라. 브랜드아이덴티티?"

"브랜드 정체성을 이렇게 잡으신 건가 보네요. 그런데 커피숍이라면 휴식 공간의 개념이 기본인데 이렇게 막혀 있는 것보다는 차라리 뻥 뚫어놔서 답답한 마음을 풀어주는 게 더 낫지 않을까 하네요."

"네?"

"제가 마케팅 쪽 일을 하고 있거든요. 아마 그렇게 하면 손님이 더 많이 오실 겁니다."

주인이 갑자기 김 팀장의 얼굴을 가만히 살피더니 어색한 웃음을 지었다.

"후, 아까도 실수했는데 또 그랬네. 법원 쪽 일 때문에 오신 게 아니셨네요?"

"네, 그냥 지나가고 있었죠. 커피를 주셔서 감사해서 드리는 말입니다. 뻥 뚫어놓아야지 지나가던 사람들도 사람 냄새에 이끌려 들어오거든요."

"사람 냄새는… 저걸로도 충분한 거 같아요. 그리고 여기 인테리어부터 컨설팅, 마케팅 전부 이 건물에서 해준 거거든요."

"C AD가요? C AD에서 이런 작은 커피숍 일까지 합니까?"

"감사하게도 해주셨죠."

김 팀장이 흠칫 놀라며 말을 뱉지 않자, 우노 주인은 그 말을 끝으로 머리를 긁적이며 자리로 갔다. 김 팀장은 C AD가 커피숍 콘셉트를 이렇게 잡은 이유를 찾기 위해 조금 전보다 더 자세히 내부를 살폈다. 하지만 자신의 상식으로는 도저히 이해가 안 되는 콘셉트였다. 그러던 중 커피숍 주인이 사람 냄새가 충분하다고 하며 가리켰던 곳을 봤다. 커피 숍 앞에 서 있을 땐 신경도 쓰지 않았는데 자세히 보니 사람들의 이름으로 창을 장식해 놓은 것 같았다.

"저렇게 사람 냄새를 나게 한 거네."

김 팀장은 가까이서 보기 위해 걸음을 옮겼다. 그는 창을 가만히 살펴보더니 글자를 제대로 보기 위해 커피숍 밖으로 나갔다.

"커피숍을 중간 홍보 매개체로 이용한 거네. 이건 기가 막히네. 그런데 기자들이 왜 이렇게 많아. 법원 앞이라서 기자들이 많은 건가. 참, 커피 마실 시간에 기사 한 줄이나 더 쓰지. 시간도 많아."

한참이나 밖을 살펴보던 김 팀장은 보면 볼수록 감탄했다. 주변의 사무실을 제대로 이해했고, 다른 곳에서 시도한 적 없는 특별함이 묻어 있는 마케팅이었다.

"이런 작은 상가들 상대로 이런 거 해보는 것도 나쁘지 않을 거 같네. 그래도 최 이사, 그 자식은……."

최 이사의 얼굴이 떠오르자 다시 얼굴이 찡그려졌다. 회사를 그만두더라도 최 이사의 말처럼 돌아가는 꼴은 보고 싶지 않았다. 그래도 결정을 해서인지 마음은 조금 가벼워졌다.

김 팀장은 창에 붙은 이름들을 한번 쳐다본 뒤 다시 커피숍 안으로 들어갔다. 그러자 주인이 웃으며 말했다.

"사람 냄새 많이 나죠?"

"그렇네요. 제가 실수를 했네요."

"실수는요. 저도 사실 이렇게 하면서 처음에는 불안했거든요. 지금은 C AD에서 하라는 건 무조건 하고 있고요. 그런데 표정이 조금 가벼워지신 거 보면 고민하시던 게 해결이 됐나 보네요."

"네, 커피 덕분에 머리가 가벼워졌네요. 잠시 통화 좀 하다가 가도 괜찮을까요?"

"당연하죠."

김 팀장은 감사 인사를 하고선 자리에 앉았다. 그러고는 휴대폰을 꺼내 곧바로 전화를 걸었다.

"민식아, 술 마시고 있냐?"

─아니요. 술 마시면 사고 칠 거 같아서 안 마셨어요. 그런데 이 시간에 어쩐 일이세요? 또 무슨 일 있어요?

"그런 건 아니고. 너 그만둘 생각이지?"

—그렇죠. 계속 남아 있어도 제대로 일할 수 있을 거 같지도 않고요. 진짜 최 이사 때려죽이고 그만두고 싶은데! 팀장님은 남으실 거죠?

"아니, 나도 그만두려고."

—팀장님도요? 전 끝까지 남아계실 줄 알았는데.

김 팀장은 팀원의 말속에 내포된 의미를 알고 있었다. 도날에 있을 때도 버리고 왔으니 이번에도 그럴 거라고 생각하는 것 같았다.

"한 번이 어렵지 두 번은 쉽다라는 말, 그거 다 뻥이야. 두 번째가 더 힘들다."

—아, 그런 의미는 아니고요.

"그래서 혹시 어디 갈 생각 있어?"

—갑작스럽게 통보를 받은 거라 그런 거까지 생각할 겨를이 없었죠. 이제 알아봐야죠.

"그럼 혹시 나하고 같이 일해보지 않을래? 당장 대답하라는 건 아니고 얘기를 해보자는 거야."

—음… 저희 팀원들 다요? 안 나오려는 애들 있을 텐데요.

"그래서 그만두는 사람들로만 작게 시작하면 어떨까 해."

—그럼 도날 때보다 더 작게 시작하는 거네요. 마음은 편할 거 같긴 한데.

"한번 만나서 얘기해 보자고. 회사에서는 일단 말하지 말고."

─그래야죠. 최 이사가 저희가 이러는 거 알면 뭔 지랄을 할지 상상도 안 돼요. 애들도 참. 딱 봐도 버티고 버티다가 다 쫓겨날 게 눈에 보이는데 TX라는 이름이 뭐가 좋다고 그렇게 붙어 있으려고 그러는 건지.

"후후… 각자 사정이 있는 거니까 알아서 하겠지. 그리고 나까지 나가면 3명 딱 되잖아. 그럼 최 이사도 더 이상 뭐라고 안 하겠지."

─에이, 순진하시기는! 최 이사가 남아 있는 한 다 내쫓으려고 하겠죠. 그러면 애들도 누굴 원망하겠습니까. 팀장님이 자기들 버리고 혼자 살길 찾아갔다고 그러겠죠.

그 말을 들은 김 팀장은 쓸쓸하게 웃었다. 아닐 거라고 생각하면서도 한편으로는 공감되는 말이었다.

"후, 그럼 내일 일규까지 해서 같이 얘기해 보자."

─알겠습니다. 늦게까지 술 드시지 마시고 일찍 들어가세요.

"그래."

통화를 마친 김 팀장은 한숨을 푹 뱉었다. 그만두겠다는 마음이 흔들릴까 봐 곧바로 전화를 했다. 자신도 그만두겠다는 말을 입 밖으로 뱉자 확실히 마음은 편해졌다. 다만 통화를 한 팀원의 말처럼 남아 있는 팀원들이 걱정이었다. 그때, 누군가가 커피숍으로 들어왔다.

"휴! 사장님! 감사합니다."

"엄청 빨리 오셨네요."

"휴, 아주 부리나케 왔죠. 저 때문에 문 안 닫고 계신 거죠? 죄송해서 어떡해요."

"아니에요. 아직 영업시간인데요. 안에 손님도 계시고요."

"다행이네요. 취재하다 보니까 조금 이상한 부분이 있어서 며칠 전 그분한테 연락했는데 누락된 부분이 있더라고요. 그래서 추가 인터뷰 요청했는데 무조건 여기서 하겠다고 그러시네요. 커피가 맛있어서 그런가."

"하하. 감사합니다. 앉아계세요. 오시면 안내해 드릴게요."

"그런데… 손님이 계시면 조금……."

"제가 방음판으로 막아드릴게요. 조금 작게 얘기하시면 잘 안 들릴 거예요."

김 팀장은 카운터에서 들리는 대화를 들으며 고개를 갸웃거렸다. 그때, 커피숍 문이 열리더니 다른 사람이 들어왔다. 그러자 주인이 테이블 쪽으로 다가오더니 테이블을 가리고 있던 칸막이를 한데 모았다. 그러고는 기자라는 사람이 앉은 테이블을 가리기 시작했다. 그 모습을 본 김 팀장은 헛웃음을 뱉었다.

'여기서 제보도 받는 거라서 인테리어를 이렇게 닫혀 있는 것처럼 만든 거였어? 저렇게 칸막이도 방음판으로 만들어서 보안도 해주고. 그러니까 저기에 기자들 이름이 잔뜩 붙어 있었던

거네.'

하나하나가 전부 계획된 것들이었다. 김 팀장은 감탄하며 인테리어를 살폈다. 다른 테이블에 앉은 사람들의 대화를 들으려 했지만, 칸막이로 둘러싸여서인지 아무런 말도 들리지 않았다. 콘셉트가 제대로 잡혀 있는 카페였다. 비밀을 털어놓아도 되는 그런 장소처럼 느껴졌다. 그러다 보니 고민이 되기 시작했다.

'남아 있는 애들한테 피해가 안 가려면 최 이사를 치우는 게 맞겠지… 나야 욕 좀 먹겠지만 조용히 상가들 상대로 광고하면 될 거 같고.'

혼자 한참이나 생각하던 중 갑자기 앞 테이블을 가리고 있던 칸막이가 열렸다. 그러고는 기자와 함께 있던 남자가 나오더니 주인에게 환한 미소로 인사를 하고는 곧바로 커피숍을 나섰다. 고마워하는 게 보일 정도이다 보니 더욱 고민이 됐다. 곧이어 남아 있던 기자가 자리에서 일어나다가 김 팀장과 눈이 마주쳤다. 기자가 가벼운 미소를 짓더니 김 팀장에게 다가왔다.

"실례합니다. 전 MTBC 최우석 기자입니다. 혹시 억울한 일이 있으시면 언제든지 연락주세요."

기자가 명함을 건넸고, 명함을 받은 김 팀장은 명함과 기자를 번갈아 봤다.

"이걸 왜 저한테……."
"고민이 많으신 표정이라서요."

기자는 가볍게 고개를 숙여 인사를 하고선 주인에게 갔다. 그러더니 무슨 대화를 나누고는 카페를 나가려 했다. 그때, 손에 들린 명함을 가만히 보던 김 팀장이 크게 외쳤다.

"저기! 잠시만요!"

*   *   *

며칠 뒤, 한겸은 부평과 사무실을 오가며 불철주야 영상편집에 매달리던 중이었다. 총 112개의 영상이었고, 사무실에 들른 한겸은 지금도 자리에서 영상을 살피고 있었다. 그 모습을 보던 범찬은 종훈의 귀에 조용하게 속삭였다.

"생각해 보면 진짜 신기하죠?"
"뭐가?"
"112개? 겸쓰가 그렇게 많이 골랐다는 게 신기하지 않아요?"
"전혀. 임 프로님 말 못 들었어? 2주 내내 오픈부터 문 닫을 때까지 계산대 8곳을 지나쳐 간 고객 수만 해도 십만 명은 된다고 그랬잖아. 그중에 112개면 적은 거 아니야?"

"그런가? 하긴 그 많은 사람들 중에서 마음에 드는 거 고르는 것도 일이었겠네."

"난 그것보다 며칠 만에 30개 넘게 완성했다는 게 더 놀라운데."

"그건 노동착취죠! 지금도 연 프로님 봐요. 광고 게재 플랜 짜느라고 한겸이 옆에 딱 붙어 있잖아요."

영상을 보며 연 프로와 대화 중인 한겸은 범찬의 말을 웃어넘겼다. 그러자 옆에 있던 수정이 대신 대답했다.

"그걸 우리 아빠 프로덕션에서 어떻게 다 해. 대표님이 급하게 알아봐서 나눠서 하고 있지."

그러자 한겸이 웃으며 말했다.

"너희들 덕분이야."

"무조건 내 덕이기는 하지. 그런데 뭐가?"

"나도 Do It에서 다 될 줄 알았는데 해보니까 힘들더라고. 그래서 급하게 구했는데 다들 HT 영상 제작 하면서 프로덕션 뚫어놓은 덕분에 쉽게 구했어."

"와! 그래서 고맙다고 그런 거야? 왜 나한테 갑자기 문자 와서 고맙다고 그러나 했네."

"왜 고맙다고 한 줄 알았는데?"

"그냥 항상 고마워하는 줄 알았지. 그래서 별말씀을 하고 보냈는데."

한겸이 범찬다운 행동에 웃어넘길 때, 갑자기 사무실 문이 열리더니 우범이 들어왔다.

"흠. MTBC에서 취재 요청이 들어왔다."
"또 HT 잘돼서 우리한테까지 취재가 오네."
"그건 아니다. 예전 DIO에서 OT했던 내용에 대해서 취재를 하고 싶다더군."

한겸은 우범을 보며 고개를 갸웃거렸다.

*   *   *

한겸은 DIO가 관련되었다면 비단 C AD에만 연락이 오진 않았을 것이라고 생각했다. 그때 당시에 OT에 참여했던 모든 업체들에게 연락이 왔을 것이 분명했다.

"다른 회사들에는 연락 왔대요?"
"그렇다. 알아보니 한성에도 연락이 왔다더군."
"그럼 한성은 아니고."
"한성뿐만이 아니고 그때 우리가 연락했던 회사들은 전부 연락이 왔다더군."
"그럼 끝까지 참여했던 세 곳 중 한 곳이거나 아니면……."

"아니면 내부에서 나왔다는 거지."

대화를 듣던 팀원들은 서로를 보며 씨익 웃었다.

"고거 쌤통이네. 역시 관상은 과학이야. 그 이사라는 놈, 딱 봐도 범죄자같이 생겼었잖아."
"맞아. 기분 나쁜 눈빛이더니 잘됐네. 역시 사람은 착하게 살아야 되나 봐."
"아주 둘이 철학관이라도 차리지. 그런데 왜 갑자기 내부고발이지? 뭔 일 터졌나?"

한겸은 잠시 생각을 하는 듯 하더니 이내 고개를 저었다. 지금은 다른 곳에 신경을 쏟기보다 분트의 광고에 집중을 해야 했다.

"우리는 솔직히 말하든 대답을 하지 않든 뭘 해도 문제 될 건 없어 보이는데요."
"맞다."
"그럼 대표님 생각대로 하시는 게 좋을 거 같아요. 제가 좀 바빠서요."
"그게 그렇게 쉽게 넘어가진 않을 거 같아서 얘기하는 거다."

한겸은 고개를 갸웃거리며 우범을 봤다. 전체적인 상황을 모르다 보니 어떤 얘기를 하려는 건지 감이 잡히지 않았다.

"아마 우리가 취재를 피하더라도 다른 광고 회사들은 너 나 할 거 없이 터뜨릴 거다. 그 회사들 입장에서는 TX가 타격을 받는 게 이득이니까."

그 말을 듣자 한겸은 우범이 찾아와 얘기를 하는 게 이해되었다.

"DIO하고 TX가 담합했다는 게 밝혀지면 DIO 입장에서는 신제품을 내놓아야 하는데 이미지에 타격을 받을 수 있으니까 그걸 무마하기 위해서라도 TX와 계속 일을 할 순 없겠네요."

"맞다. 가장 유력한 건 동양기획이지만 동양은 이미 스페이스가 있으니까 나머지가 되겠지. 아마 다른 광고 회사들이 그걸 노리고 달려들 거다. DIO 광고면 엄청 큰일이니까 뛰어들 만하겠지."

그때, 얘기를 듣던 종훈이 이해가 간다는 듯 고개를 끄덕이더니 대화에 끼어들었다.

"하긴 DIO도 답답하긴 했을 거야. DIO 화이트에 힘췄는데 박재진 씨 나와서 망했지. 그래서인지 그다음부터 나온 것들도 계속 죽 쑤고 있잖아. 예전 OT만 봐도 언론플레이까지 준비한 걸 보면 어떻게든 띄워보려고 했던 거 같은데 그게 다 실패했으니까 DIO도 아마 기회라고 생각하지 않을까?"

종훈의 말이 끝나자 우범이 웃으며 입을 열었다.

"그것뿐만이 아니다. 너희들도 DIO 마케팅이 실패한 데 큰 역할을 했지."

"저희가요?"

"DIO에서 사전 예약 하면서 콘서트를 진행하려 했다."

"그건 알죠."

"그걸로 다시 모델들에게 힘을 쏟을 계획이었겠지. 그런데 너희들이 제작한 HT 광고가 나오기 시작했지. 창조자 N 파괴자. 알다시피 열풍을 불러일으켰다 보니 자연스럽게 그 기획이 실패로 돌아갔을 거다."

"그럼 우리가 TX기획을 망하게 한 원인이네요?"

"후후. 원인은 아니지. 우리는 우리의 일을 한 것뿐이니까. 그리고 아직 TX가 망한 것도 아니고."

한겸도 고개를 끄덕이며 입을 열었다.

"일이 커지면 TX 대표나 DIO 대표가 물러나거나 관계자들 중 구속되는 사람 나오거나 그러겠죠."

"네가 어떻게 알아?"

"회사를 지키려면 그래야죠. 대중들에게 바뀐 이미지를 보여주려면 대표가 바뀌는 게 최고거든요."

"그러니까 한겸이 너는 그걸 어떻게 알아?"

"왜 몰라요. 저희 아버지도 있고 대표님만 봐도 알잖아요. 뭐 F.F는 실패한 인사이동이었지만, 대표를 바꾸는 게 변화를 하겠다는 의지를 보여주는 걸 거예요. 그리고 광고대행사를 새로 뽑겠죠?"

우범은 자신을 예로 든 한겸의 말을 듣고는 피식 웃었다. 상황은 달랐지만 비슷한 면은 있었다. 한겸의 말은 계속 되었다.

"대표님 말을 종합해 보면 기획 실패로 내부에서부터 곪기 시작했다는 게 가장 유력하네요."

"내 생각도 그렇다. 다른 광고 회사들은 그걸 이용하는 걸 거다."

"곪은 부위를 도려내도 그 부위가 치유되려면 시간이 걸릴 테니까 TX는 확실히 문제가 생기겠네요. 기사가 터지면 아주 난리가 나겠는데요? 그런데 우리는 모든 일을 투명하게 진행하고 있죠?"

"그렇지. 정직이야말로 기업의 가장 큰 무기이니까."

"그럼 우리는 회계감사받아서 그 결과 올리고 사람들이 볼 수 있게 총자산, 자본금, 매출액, 영업이익, 당기순이익 같은 거 전부 올리죠."

"지금도 공시는 하고 있다."

"그러니까 사람들이 볼 수 있게 해요. 홈페이지 팝업창에 보이든가 해서요. 서두르는 게 좋을 거 같은데요?"

우범은 한겸의 말뜻을 알아차리려 한겸의 얼굴을 쳐다봤고, 신입 팀원들은 아예 이해하지 못했는지 웅성거렸다.

"임 프로님은 알아들으셨어요?"
"저도 모르죠. 이젠 일부러 저러는 거 같기도 하고. 남들이 자기가 말한 걸 못 알아듣는 모습을 즐기는 거 같더라고요."
"변태도 아니고……."

그 말을 들은 한겸은 피식 웃고선 말했다.

"그건 아니고 혹시나 해서 미리 대비해 두자는 거예요. 원래 한 군데가 썩으면 다른 데는 괜찮나 살펴보기 마련이잖아요. 우리는 광고업에 속해 있으니까 TX 일이 기사로 나오면 당연히 다른 회사들에도 관심을 가질 거 같아서 그래요."

임 프로는 이해했다는 듯 손가락을 튕겼다.

"아! 의심을 받기 전에!"
"그렇죠. 의심을 받고 증명을 하기보다는 미리 밝혀서 아예 의심하지 않게 만들어야죠. 예전에 본 책에서 그러더라고요. 의심의 싹이 한 번 돋아난 이상 어떤 해명을 하더라도 그 싹은 남아 있게 된다고요. 어느 정도는 맞는 말이라고 생각해요."
"그 싹이 박히기 전에 미리 걷어내자는 말씀이시네요."
"그럼 셈이죠."

가만히 듣던 우범은 재미있다는 듯 웃었다.

"지금 봐서는 기사가 곧 터질 것 같으니 서둘러야겠군. 올려서 투명한 이미지를 줄 수 있다면 좋은 거고, 아니더라도 잃는 게 아무것도 없으니. 그럼 취재 요청에 대한 대답은 어떻게 하든 상관이 없겠군."

한겸은 웃으며 고개를 끄덕거렸다. 그 말을 끝으로 우범은 사무실을 내려갔다. 그러자 신입 팀원들은 신기한 듯 자신들끼리 속닥거렸다.

"와… 남 문제로까지 홍보를 하네요."
"김 프로님이 원래 그럽니다. 머릿속에 온통 광고, C AD 이거 뿐이에요."
"그런 거 같네요… 출근하셔서도 계속 일만 하시고."

신입 팀원들의 말처럼 한겸은 곧바로 모니터를 봤다. TX에 좋은 감정이 있는 것도 아니고 그렇다고 망하길 빌 정도로 악감정이 있는 것도 아니었다. 그냥 별로 관심이 없는 대상이었기에 관심을 가지는 시간이 아까웠다.

"연 프로님, 카테고리가 3개로는 도저히 안 될 거 같은데요?"
"네? 아, 네."

한겸은 고개를 돌려 연 프로를 봤다. 대만 분트의 광고 게재 계획을 짜기 위해 연 프로와 함께 있던 상태였다. 그런데 아까까지만 해도 자신의 의견을 적극적으로 내놓던 연 프로가 지금은 약간 멍한 느낌이었다.

"왜 그러세요?"
"네? 아, 아닙니다."
"아닌 게 아닌데요. 이거 잘 보셔야 돼요."
"압니다!"

한겸은 문득 연 프로가 처음에 왔을 때 우범에게 들었던 내용이 떠올랐다.

"예전에 같이 일하셨던 분들이 TX로 흡수됐다고 하셨죠? 혹시 그분들 때문에 그러세요? 그분들이 이번 일하고 엮인 건지 아닌지 모르는 일인데."
"꼭 그런 건 아닌데… 그냥 엮여 있을 거 같아서요. 어휴, 그러고 갔으면 잘 좀 하지. 아! 오해하지는 마세요."
"오해 안 해요."
"지금은 C AD가 잘되는 게 먼저니까요! 그냥 이번 일로 무슨 피해를 받진 않을까, 옛 동료! 단지 옛 동료로서 안쓰러운 생각이 들어서 그런 겁니다."

한겸은 연 프로를 잠시 쳐다봤다. 그러고는 피식 웃더니 이내 자료들을 정리했다.

"저 오해 안 해요."
"그렇게 말하시니까 더 오해하는 거 같잖아요! 지금도 갑자기 정리하시고!"
"연 프로님 지금 집중 못 하실 거 같아서 그런 거예요. 전 부평에 다녀올 테니까 이따가 집중해서 다시 해요. 임 프로님, 부평 가요. 참, 그리고 걱정돼도 그냥 마음만 갖고 계시고 웬만하면 연락하지 마세요. 아니다. 하는 게 나으려나? 뭐, 알아서 하세요."

연 프로도 잠시 머리를 식히는 게 낫다고 판단했는지 한숨을 쉬며 고개를 끄덕거렸다. 잠시 뒤 한겸이 임 프로와 함께 사무실을 나섰다. 그러자 남아 있던 신입들이 곧바로 입을 열었다.

"김 프로님하고 있으면 계속 일에 대해서만 얘기해서 그런가 약간 숨 막히는 그런 느낌이 드네요."
"조금 차가운 분 같기도 해요. 다른 분들은 안 그러신데……."
"전 자기 사람만 챙기는 거 보니까 뭔가 부모님 같고 좋은 거 같은데."

그 말을 들은 범찬은 피식 웃더니 대화에 끼어들었다.

"와, 이래서 자리를 비우면 안 돼! 없다고 바로 뒷담화를!"

"아닙니다!"

"크크. 그냥 그렇다고요. 원래 겪쓰 보면 다 그렇게 느껴요. 그런데 표현을 잘 안 해서 차가워 보여도 알고 보면 마음이 얼마나 따뜻한 놈인데요."

"그런가요?"

"하던 일 멈추고 연 프로님한테 시간 주는 게 얼마나 대단한 건데요. 자기가 뭐라고 해도 도움이 되지 않을 거란 걸 아니까 머리 식히라고 그런 걸 거예요. 달래주는 걸 못 하니까 자기가 할 수 있는 걸 해주는 거예요. 달래주는 건 종훈이 형이 짱이지."

수정도 공감한다는 듯 고개를 끄덕거렸고, 종훈은 연 프로에게 다가가 입을 열었다.

"많이 친하셨어요?"

"그냥 그렇죠."

"제가 알기로는 도날 나오실 때 좋게 나오신 건 아닌 걸로 기억하는데."

"그건 뭐 사장 놈이 쓰레기라서 그렇죠. 월급쟁이들이 뭔 힘이 있겠어요. 그냥 그렇게 사장 따라서 갔으면 잘했으면 하는 마음이죠."

"아마 이번 일하고 연관 없을 거예요. 연 프로님은 팀원들을 굉장히 잘 챙기시는 거 같아요."

"제가요?"

"플랜 팀 두 분도 연 프로님이 챙기신 거라고 들었어요."

"같이 고생했으니까 같이 가야죠. 에이, 쓸데없이 정이 많아서 그렇죠."

종훈은 심란해하는 연 프로의 마음을 이해한다는 듯 같은 표정을 지었다.

"그러지 마시고 커피나 한잔하시면서 머리 좀 식힐까요?"

"휴, 그래야겠네요. 제가 사 올게요. 커피 드실 분?"

"같이 가요. 저희 오늘 분량 아직 안 먹어서 남아 있어요."

연 프로는 종훈과 함께 사무실을 나와 1층 우노 커피숍으로 향했다. 커피숍에 들어서니 내부에 손님이 있는지 칸막이로 가려진 테이블이 보였다.

"나 프로님! 연 프로님! 어서 오세요."

"저희 커피 얻어먹으려고 왔어요."

"얻어먹기는요! 몇 잔 드릴까요?"

"기획 팀 6잔에 플랜 팀 3잔 해서 9잔 부탁드려요. 전부 아이로요."

"아이스 아메리카노! 알겠습니다. 잠시만 앉아계세요."

종훈은 안쪽에 있는 사람들이 신경을 쓸 수도 있다는 생각에 계산대 바로 앞에 있는 테이블에 앉았다. 그러자 연 프로도 종훈의 앞에 앉았다.

"그런데 왜 전화하지 말라고 하셨을까요? 나 프로님은 아시겠어요?"

"음, 한겸이가 무슨 생각이 있어서 그런 말을 한 거 같긴 한데 저도 잘은 모르겠어요. 아마 확신이 있었으면 이유를 말해줬을 건데 그렇진 않나 봐요."

"거의 일 년을 같이 일했는데 참 알 수 없는 분 같아요."

"그래도 한겸이가 하지 말라는 건 안 하는 게 좋더라고요."

"그런가요."

그때, 안쪽 테이블에서 닫혀 있던 칸막이가 열리더니 사람들이 나왔다. 안쪽 테이블과 등지고 있던 종훈은 궁금하긴 했지만 Secret 콘셉트를 지켜주는 것이 맞다는 생각에 쳐다보지 않았다. 연 프로 역시 마찬가지였는지 휴대폰 화면을 보는 척 고개를 숙였다. 그때, 테이블에서 나오던 사람의 목소리가 들렸다.

"용환이?"

*　　　　　*　　　　　*

연 프로는 자신의 이름이 들리자 고개를 빠르게 들어 올렸다.

그러자 오랜만에 보는 얼굴이 보였고, 순간 여러 가지 감정이 뒤섞였다. 얼굴을 보자마자 처음 드는 느낌은 반가움이었다. 하지만 이 시간에 이곳에 있는 이유를 알 것 같다 보니 안타깝기도 했다.

한편으로는 계약직들까지 버리고 가더니 버림을 받은 것 같은 모습에 통쾌하기도 했고, 그들을 따라서 TX에 가지 않은 것에 안도감도 들었다. 짧은 순간이었지만 여러 가지 감정이 섞이는 바람에 그저 자신을 부른 사람을 멍하니 쳐다보기만 했다.

"용환아, 나야."
"선배님! 오랜만이에요!"
"과장님, 안녕하셨어요!"

세 사람이 반가워하며 연 프로에게 인사를 건네자 연 프로는 그제야 정신을 차렸다. 그러고는 세 사람을 물끄러미 쳐다봤고, 연 프로의 차가운 눈길을 받은 세 사람은 멋쩍은 미소를 지었다.

"내부고발 한 사람들이 세 사람이었군요. 그런데 왜 하필 여기였어요? 제보를 하려면 이곳이 아니어도 됐잖아요."
"아… 어쩌다 보니까 그렇게 됐어."
"혹시 내가 C AD에 있는 거 알고 있었어요?"
"소식은 들었지. 아! 용환이 너한테 무슨 부탁을 하려고 찾아온 건 아니야. 그냥 어쩌다 보니 찾아오게 된 거야."

"그럼 다행이고요."

연 프로는 인사하기 전에 선부터 그어 혹시 모를 귀찮은 일을 미연에 방지했다. 대답을 들은 연 프로는 그제야 종훈과 세 사람에게 서로를 소개했다.

"이쪽은 전에 같이 일했던 분들입니다. 이분은 C AD AE시고요."

어색하게 인사를 나눈 뒤 종훈은 자신이 자리를 피해주는 게 좋겠다고 생각하며 입을 열었다.

"전 올라가 있을 테니 얘기 나누세요."
"아닙니다! 따로 할 얘기도 없는데 같이 가시죠."

연 프로의 차가운 말에 김 팀장이 멋쩍게 웃으며 입을 열었다.

"그래, 바쁠 텐데 올라가 봐."

마침 우노 주인이 커피를 내왔다. 연 프로가 커피를 들려고 할 때, 김 팀장이 나지막한 목소리로 말했다.

"용환아… 예전 일은 정말 미안했다."

"후……."

"내가 네 입장이 되어보니까 네가 어땠을지 이해가 되더라."

"됐어요. 지금 잘됐는데 이제 와서 그런 얘기는 뭐 하러 해요."

"그냥 그때 모른 척한 게 미안해서 그렇지. 사실 네가 C AD에서 일한다고 들은 건 얼마 안 됐어."

"그래서 찾아온 겁니까?"

"그냥 사과라도 하고 싶어서 찾아왔었지."

연 프로는 김 팀장의 얼굴을 잠시 쳐다보더니 이내 한숨을 뱉었다. 그러고는 종훈을 한번 보고 우노 주인을 보더니 입을 열었다.

"그래서 어떤 기자분한테 제보했어요?"

"오늘은 인터뷰하러 온 게 아니라 커피숍을 보러 온 거야."

"커피숍은 왜요?"

연 프로의 질문에 김 팀장 옆에 있던 팀원이 대신 입을 열었다.

"저희 TX 나와서 회사 차리기로 했거든요. 저희가 반대를 했더니 직접 보여준다고 데려오신 거예요."

"회사를 차려?"

"네. 구멍가게 수준으로 차리면 뻔히 돈이 안 되는 걸 알아서 반대했는데 여기 와보니까 생각이 조금 바뀌네요. 마케팅이 꼭 필요한 곳에 제대로 된 마케팅을 해주고 그렇게 바뀌는 걸 보면 정말 뿌듯할 거 같거든요. 재미있을 거 같기도 하고 보람도 있을 거 같고요."

"후우."

"저희도 어렵다는 건 알죠. 이 커피숍만 하더라도 얼마나 공을 들였는지가 보이니까 겁도 나고요. 그래도 그동안 인형처럼 시키는 것만 해서 그런지 저희 아이디어대로 해보고 싶었어요."

"참 나. 그렇게 동료 버리고 갔으면 잘 붙어 있지."

"벌받는 거죠. 그런데 이런 아이디어는 도대체 어떻게 해야지 나오는 거예요? 아주 보면 볼수록 기가 막히더라고요. 타깃층을 하나의 대상으로 정한 게 아니라 여러 계층을 하나로 묶었어요. 법무사나 변호사와 의뢰인. 억울한 의뢰인과 기자. 통틀어서 법에 관련된 사람들. 법원 앞이니까 통하는 거겠지만 진짜 대박인 거 같아요."

연 프로는 신이 난 듯 설명하는 사람을 보며 자신도 모르게 웃음이 나왔다. 이미 TX에서 마음이 떠났다는 게 느껴졌다.

"여기 이분이 기획하신 거야."

"어? 와! 그렇구나. 전 분트도 HT도 대단하다고 생각하긴 했는데 여기 마케팅이 최고인 거 같아요. 혹시 실례가 안 된다면 가끔 배움을 청하고 싶은데 연락처라도 알려주실 수 있을까요? 너무 귀찮게 하진 않겠습니다!"

"저 혼자 한 게 아니라 저희 팀이 다 같이 한 거예요."

종훈이 어색하게 웃으며 대답할 때, 카운터에 있던 우노 주인이 조심스럽게 대화에 끼어들었다.

"저, 대화 더 나누실 거면 안쪽에서 하시는 게 어떨까요? 저기 밖에 손님이 계신데."

그러자 연 프로가 나가려고 했고, 종훈은 대화를 나누고 쌓여 있던 것을 풀고 가는 게 더 나을 것이라 판단하고는 연 프로의 팔을 잡았다. 연 프로도 마지못해 끌려가듯 안쪽으로 이동했다. 테이블에 앉자마자 연 프로는 한숨을 뱉으며 궁금했던 것을 물었다.

"도대체 내부고발은 왜 한 겁니까?"

김 팀장과 팀원들은 어색한 미소를 짓고는 TX에서 있었던 일을 얘기했다. 한참 뒤 모든 얘기를 들은 연 프로는 답답한지 한숨을 뱉으며 말했다.

"그래서 결국은 복수하려고 내부고발 하고 나온다는 거네요."
"그렇긴 하지."

"그래서 소문나면 광고업계에서 수주 못 받으니까 작은 상점들을 대상으로 광고하는 회사를 차릴 셈이고요."

"너무 정곡을 찌르네. 뼈 부러지겠다. 그것도 맞긴 한데 남아 있는 애들을 위해서라도 최 이사가 사라지는 게 좋을 거 같아서 그런 거야."

"어휴, 자기 앞가림이나 잘하시지."

"너도 그랬잖아. 그런데 결정하고 나니까 마음은 편해지더라."

"편하긴요. 그나저나 남아 있는 애들도 참 대단하네."

"걔네들도 그렇게까지 해서 남아 있어야 하는 이유가 있으니까 그런 거야. 각자의 선택이니까 존중하는 게 맞지."

연 프로는 피식 웃었다. 예전 자신도 저런 생각으로 화를 다스렸던 때가 있었다.

"그래서 기자 만나서 그런 얘기 다 한 거예요?"

"응. 저기 사장님이 많이 도와주셨어. 진짜 신기할 정도로 다른 곳에서 많이 도와줬다고 그러더라. 그래서 생각보다 빨리 기사가 나올 거 같아."

"대단하네. 그래서 회사는 언제 차리려고요."

"회사 나오고 바로 차려야지. 당분간은 내가 불려 다닐 일이 많을 거 같아서 둘이 운영을 하기로 했어."

연 프로는 세 사람을 물끄러미 보더니 주머니에서 명함을 꺼내 세 사람에게 주었다. 그러자 한 명이 명함을 보더니 감탄하며 말했다.

"이야! 명함이 예술이네. 작은 글씨로 큰 글씨 만든 거 홈페이지에 있는 거죠?"

"맞아. 혹시나 장사 안 돼서 홍보 필요하면 연락하라고 주는거야."

"어… 광고 회사 차리려는 사람한테 광고 해주겠다는 말이 신선하긴 하네요……."

연 프로는 피식 웃더니 이내 자리에서 일어났다.

"너무 오래 있었네요. 회사 잘되길 바라요."

"어, 그래. 바쁠 텐데 어서 가봐. 나중에 술 한잔하자."

"술도 못 마시는 양반이. 아무튼 갑니다. 일이나 잘 해결해요."

연 프로는 종훈에게 가자는 신호를 보냈다. 종훈이 일어나자 연 프로는 뒤도 돌아보지 않고 밖으로 나와 회사로 들어갔고, 종훈은 서둘러 연 프로의 뒤를 쫓아갔다.

"오랜만에 만나셨을 텐데 조금 더 얘기하셔도 돼요."

"충분히 했어요."

"기분은 좀 풀리셨어요?"

"기분이요? 흠, 아직 이게 무슨 기분인지 모르겠네요. 짠하기도 한데 통쾌하기도 하고. 그러다가 또 잘됐으면 하고 그러네요.

그래도 신기하긴 하네요."

"뭐가요?"

"사과 한마디에 미워했던 감정이 사라지더라고요. 그래서인지 저도 모르는 사이에 힘들었다는 걸 알아달라는 듯 툴툴거리고 있더라고요. 그래서 일어났어요."

"좀 그러면 어때요."

"그냥 그러고 싶진 않더라고요."

종훈은 한결 가벼워 보이는 연 프로를 보며 웃었다. 이번만큼은 한겸이 틀린 것 같았다. 그때, 연 프로가 커피를 내밀며 말했다.

"저 잠시 볼일 좀 보고 갈게요. 이것 좀 부탁드려요."

종훈은 커피를 받아 들고는 사무실로 들어갔고, 연 프로는 사무실로 들어가는 종훈을 확인한 뒤 한숨을 뱉었다. 그러고는 휴대폰을 꺼내 전화번호부를 뒤적였다. 휴대폰을 바꾸고 메시지까지 차단했지만 저장되어 있던 번호는 그대로였다. 연 프로는 그 번호를 보며 서성거렸다.

"전화를 걸어볼까? 김 프로님이 걸지 말라고 했는데……."

옛 동료를 만나서인지 다른 동료들의 소식도 궁금했다. 그나마 팀원을 이끌던 김 팀장마저 나간다는 소식에 TX에 남아 있을 옛 동료들이 걱정되기도 했다. 그들에게마저 사과를 받으면 정말 마음이 편해질 것 같았다. 번호를 보며 한참이나 망설이던 연 프로는 이내 결정한 듯 고개를 끄덕거렸다.

"직접 만났는데도 별일 없었잖아. 뭐 괜찮겠지."

통화 버튼을 누르자 신호음이 울렸고 이내 상대방의 목소리가 들렸다.

—네, TX기획 김기천입니다.
"기천아, 나 용환이다."
—어? 과장님? 과장님이세요?
"그래, 오랜만이네."
—와! 잠시만요! 잠시만 기다려 주세요. 나가서 받을게요.

잠시 기다리자 상대방의 목소리가 들려왔다.

—지금 난리도 아니거든요.
"왜?"
—팀장님이 회사 그만두면서 사건 만드셨거든요. 아무튼 지금 회사 분위기 난리도 아니에요. 과장님은 C AD에서 일하신다면서요.
"나야, 그렇지."

TX에서도 확인차 취재를 한 모양이었다. 연 프로는 모르는 척을 한 채 통화를 이어나갔다. 상대방은 계속 자신의 일에 대해서만 얘기를 했고, 그런 대화가 계속되자 연 프로는 한숨을 뱉었다. 이러려고 전화를 건 것은 아니었다. 예전 일에 대한 사과까지는 아니더라도 그때 자신의 입장에 대한 변명이라도 듣고 싶었는데 아무렇지도 않은 말투로 자신의 얘기만 이어나갔다. 마치 별일 아닌 일이라고 여기며 기억 속에 묻어버린 사람 같았다.

'이래서 연락하지 말라고 한 건가……'

씁쓸한 마음으로 통화를 종료하려 할 때, 자신의 얘기만 하던 상대방이 조심스럽게 입을 열었다.

─그런데 과장님, 저 C AD에 스카우트해 주시면 안 돼요?
"응?"
─얼마 전에 기획 팀 직원 모집했잖아요. 아름 랩사 이 실장님한테 들어보니까 과장님이 초창기 멤버시라던데. 이번 일 기사로 나오면 저희 전부 부산으로 갈 수도 있거든요.
"흠, 못 들은 걸로 할게."
─부탁 좀 드려요. 어떻게 보면 C AD 때문에 저희가 망한 거잖아요. 이런 말까지 안 하려고 했는데 저희 팀에 연락하고 있던 사람 있죠? 누군지 안 알려주셔도 되니까 저도 좀 데리고 가주세요.

"대뜸 그게 무슨 말이야."

—에이, 왜 그러세요. 그렇지 않고서 어떻게 저희가 마케팅 내놓을 때마다 C AD에서 더 좋은 기획을 내놓아요. 그것도 시기까지 겹쳐서. 아무리 봐도 이상하잖아요.

"그런 거 없어."

—계속 그러시면 저 섭섭하죠. 과장님! 평생 충성할 테니까 저도 좀 데려…….

상대방의 말이 끝나기도 전에 연 프로는 통화를 종료했다. 그러고는 곧바로 차단까지 해버렸다. 옛 동료라고 걱정했던 스스로가 한심하다고 느껴질 정도로 화가 났다. 저런 대답을 듣게될 줄은 생각조차 못했다. 게다가 남아 있는 팀원들은 신경 쓰지 않고 자신만 살겠다는 이기심이 더 화나게 만들었다.

"그러니까 예전에도 팀원 버리고 지들끼리만 갔겠지. 에이, 더러운 새끼들. 진짜 김 프로님 말 들을걸. 괜히 전화해서 기분만 잡쳤네!"

그래도 전화를 한 덕분에 걱정하던 마음은 싹 가서 버렸다. 연 프로는 잠시 계단을 오르내리며 화를 식히더니 이내 어디론가 전화를 걸었다.

"김 프로님! 멀리 가셨어요? 저 지금 일할 수 있을 거 같은데요!"

—음, 전화하셨나 보네.

"어휴. 도대체 그런 걸 어떻게 아세요?"

—그냥 최악의 경우를 생각한 거죠. 그래서 제가 알아서 하라고 했잖아요. 그런데 연 프로님 목소리 들으니까 최악의 경우가 맞았던 거 같고. 그래도 덕분에 마음은 잡히셨나 보네요. 전 지금 막 도착해서 조금 이따 갈 테니까 혼자 보고 계세요.

통화를 마친 연 프로는 헛웃음을 뱉었다.

"점쟁이 빤쓰를 입었나."

＊　　　　＊　　　　＊

TX기획 최 이사는 화가 난 얼굴로 사무실을 서성거렸다. 설마 DIO 일이 이렇게 진행될 거라고는 예상하지 못했다.

"미친놈이! 지보고 그만두라는 것도 아닌데 왜 지랄을 하는 거야! 고작해야 지 밑에 떨거지 몇 명 자르라는 게 이렇게까지 할 일이야? 너희들은 뭐 하고 있었던 거야!"

"저희도 이렇게 될 줄은……."

"아! 진짜 열받네! 내가 이렇게 당할 거 같아? 내가 TX를 키운 사람이야!"

최 이사는 김 팀장이 그만두자 이제는 다른 팀장들을 불러다

화를 내고 있었다. 처음 기자가 취재를 한다는 소식을 접한 건 DIO를 통해서였다. DIO 내에서도 TX와의 이면계약은 일부만 알고 있던 일이었는데, 기자가 정확하게 관계자들만 찾아 취재를 했다. 관계자들은 당황해하며 곧바로 연락을 해왔고, 최 이사는 연락을 받자마자 제보를 한 사람이 김 팀장이라는 걸 알았다.

관계자들이 들은 내용은 일을 직접 진행한 사람이 아니고서는 알 수 있는 내용들이 아니었다. 김 팀장이 설마 자신을 희생하면서까지 모든 일을 공개할 줄은 몰랐다. 이면계약에 대한 모든 증거를 제보한 탓에 발을 뺄 수가 없었다. 게다가 DIO 광고 입찰을 위해 모였던 모든 광고 회사가 기사에 힘을 실어주었다. 그리고 그 이면계약에 대한 배후가 자신이라고 밝혔다.

그 때문에 현재 최 이사는 이번 일에서 배제가 되어버린 상태였다. DIO와 연락을 할 수도 없었고, TX에서도 상황이 어떻게 돌아가는지 알 수가 없었다. 그러다 보니 더욱 초조하기만 했다. 그때, 사무실 문이 열리면서 대표와 이사진들이 들어왔다. 대표는 이사실에 있던 팀장들을 보며 말했다.

"다들 자리 좀 비워주시죠."

팀장들이 나가자 대표는 소파에 앉더니 최 이사에게 앉으라는 듯 고개를 까딱거렸다. 그러고는 최 이사를 물끄러미 보더니 이내 한숨을 뱉었다.

"어제 MTBC를 시작으로 기사가 나왔죠?"

"네. 정말 이렇게까지 할 일이 아닌데."

"오늘은 모든 지상파에서 DIO와 우리 TX에 관한 얘기가 나올 겁니다. 우리가 알아보니 공정위에서도 이면계약에 관한 증거를 다 가지고 있는 상태더군요."

"막아야죠! 저한테 시간을 좀 주시죠. 시간만 주시면 막을 수 있습니다."

"으음, 그럴 순 없죠. 이번 판은 엎을 수가 없어요."

"네?"

"두립 전자에서 나섰습니다. 이번 DIO80이 두립에서 엄청나게 공을 들였다는 건 아실 테고. 그게 망하게 생겼는데 안 나설 수가 없죠."

"그럼 해결되는 건가요?"

최 이사는 조금 밝아진 표정으로 입을 열었다. 대기업 두립이 나서면 진화가 될 것이었다. 그런데 대표가 고개를 좌우로 젓고 있었다.

"공정위에서 신문 공표 명령을 내릴 겁니다. 두립은 그 전에 이면계약에 대해서 밝힐 예정이고요."

"네? 그렇게까지……."

"빨리 해야죠. 이제 곧 출시인데 빨리 대국민 사과 하고 잊게 만들어야죠."

"아……."

"저희 의견과는 상관없이 진행한다고 일방적으로 통보를 하더군요. DIO 기획이 조금이라도 성과가 있었다면 이렇게까지 되진 않았을 거 같은데 안타깝게 됐습니다."

"저한테 시간을 좀 주시죠! 제가 반드시 해결하겠습니다!"

최 이사는 자신 있다는 표정으로 기회를 달라고 했지만, 대표는 감흥 없다는 표정으로 말했다.

"최 이사님은 스스로를 과대평가하시는 경향이 있어요."

"정말 할 수 있습니다."

"DIO에서 사과를 하는데 그걸 반박할 생각이십니까?"

대표는 슬슬 화가 올라오고 있는지 숨을 크게 뱉어 화를 가라앉혔다. 그러고는 다시 차분한 목소리로 말했다.

"호정그룹 내에서 지금 상황을 불편해하고 있어요. 2년 전에 호정모직에 있던 강 이사님이 구속되었던 사건 아시죠? 그 일로 호정그룹 전체가 타격을 받았던 것도 아시죠? 그래서 이번에는 최대한 빠르게 수습하길 원합니다."

"제가 어떻게 해야 할까요."

"그렇죠. 바로 그거죠. 그런 대답이 나왔어야죠."

대표는 만족한다는 표정으로 말을 이었다.

"아시겠지만 두립이 사실을 공표하기로 한 이상 과징금은 피할 수가 없어요. 시정명령도 떨어지면 계약 역시 없던 일이 되죠. 그런데 문제는! 현재 두립의 많은 계열사 광고를 우리가 하고 있다는 거죠. 두립에서 그걸 전부 끊어버리면 어떻게 될까요? 우리 TX 기획은 반토막이 나버리게 되죠. 그래서 우리는 이번 과징금을 우리 호정이 무는 걸로 진행하려고 합니다."

"……."

"후후. 그걸 최 이사님한테 부담하라고 그러는 거 같습니까? 아니면 그 정도의 돈을 모아두시기라도 했습니까?"

"그건 아닙니다! 단지 제가 뭘 해야 할까 생각해 봤습니다."

대표는 피식 웃더니 말을 이었다.

"지금 시끄러운 게 이면계약이고 최 이사님의 갑질 문제죠?"

"그렇습니다……."

"두립에서 먼저 이면계약에 대해서 밝힌다고 했으니 그 방법은 우리가 쓸 수가 없죠. 그래서 갑질 문제를 조금 키워보죠. 이면계약에 대한 사람들의 집중을 분산시킬 수도 있을 것 같더군요."

최 이사는 침을 꿀꺽 삼킨 뒤 뒤에 있던 다른 임원들을 쳐다봤다. 하지만 자신과 눈이 마주친 임원들은 고개를 돌려 버렸다.

"제가 다 짊어지고 가라는 겁니까……?"

"다 짊어지다니요. 이번 일로 회사가 입은 손해를 최 이사님 께 묻지 않는 것만 해도 감사해야 하지 않을까요? 아니면, 제대로 해볼까요?"

"……."

"너무 걱정하지 마세요. 최 이사님이 연예인도 아닌데, 사람들 한테 금방 잊힐 겁니다. 그리고 우리도 그 보답으로 최 이사님 자리도 유지해 드리고요."

잠깐의 욕을 먹고 이 자리를 지킬 수 있다는 말에 최 이사는 순간 눈을 반짝였다. 그때, 대표가 웃으며 말했다.

"그래도 보는 눈은 있으니까 당분간은 부산으로 가시는 게 좋 겠죠?"

"부산이요……?"

"부산 사람 앞에서 부산 그렇게 무시해도 되는 겁니까?"

"무시가 아니라……."

"농담입니다. 후후. 당분간은 내려가 계세요. 그래야지 우리 도 갑질 하던 임원 내쫓았다는 식으로 대처를 하죠. TX기획 사내 문화에 신경 쓰겠다! 갑질 문화 아웃! 이런 식으로 내보 내는 거죠. 그리고 갑질하던 임원이 물러났다는 내용을 보내면 사람들도 내보냈다고 생각하겠죠? 뭐 우리가 그만뒀다고 말한 건 아니니까 거짓말한 것도 아니고요. 어때요. 구미가 조금 당 기시죠?"

부산 자체는 문제가 없었다. 다만 부산에 있는 TX가 문제였다. 매년 철수한다는 얘기가 나오고 있는 곳이었다. 최 이사는 자신도 모르게 큰 한숨을 뱉었다. 그러자 대표가 시큰둥한 표정으로 입을 열었다.

"고민되세요? 그럼 우리 TX가 본 손해, 최 이사님한테 묻고요."

애초에 자신에게는 선택권이 없다는 걸 깨달은 최 이사는 두 눈을 감고 고개를 끄덕거렸다. 그러자 대표가 뒤에 있던 임원들에게 신호를 보내며 말했다.

"그럼 우리도 빨리 해결해야 하니 제대로 합시다."
"네……?"
"뭐라도 보여줘야지 사람들 눈이 돌아가죠. 광고 회사 이사직까지 있으신 분이 그것도 모르세요?"

최 이사는 천천히 고개를 돌려 다른 임원들을 쳐다봤다. 자신의 눈을 피하는 임원의 손에 들린 카메라가 보였다.

*　　　　　*　　　　　*

사무실에서 영상을 보던 한겸은 피곤함을 느꼈는지 마른세수를 했다.

"겸쓰, 대만에서도 좋다고 그랬다며. 뭘 그렇게 열심히 해."

"아직 남았으니까 열심히 해야지."

"1차 컨펌 하면서 2차는 필요 없다는 말까지 했다며. 이제 거의 다 했는데 조금 쉬엄쉬엄해."

"후우."

"아주 그냥 한번 파고들면 끝을 봐요. 너, 한국 와서 계속 일만 하고 있어."

"난 괜찮으니까 걱정하지 마."

"너 말고 연 프로님 때문에 그러지. 연 프로님 얼굴 봐."

한겸은 고개를 돌려 연 프로를 보고선 피식 웃었다.

"이제 분류는 다 끝났으니까 조금만 참으세요."

"어제도 조금만 더 하자고 하셨는데요? 도대체 뭘 보고 분류를 하는 건지 모르겠는데 또 분류해 놓고 말 들으면 그런 느낌이고. 어휴."

"부분마다 조금씩 다르잖아요. 어떤 영상은 앞부분부터 만족한 모습이고 어떤 건 점점 미소가 보이기도 하잖아요. 그런 걸로 구분하는 거죠."

"참, 대단해요. 그래도 이렇게 분류해서 보낸다고 하니까 대만 미디어 랩사도 엄청 고마워하더라고요. 우리 외주업체들은 죽어가고 있는 것도 모르고!"

"일정에 문제는 없대요?"

"전혀요. 기다리고 있다가 받아서 그대로 방송국에 주면 되는데 문제 있을 리가 없죠. 앞으로도 계속 일하고 싶다고 난리도 아니래요. 아름 미디어에서도 우리보고 대단하다고 그래요. 이걸 몇 명이서 하는지도 모르고!"

"하하하. 조금만 참으세요."

"또! 또!"

한겸이 연 프로를 보며 소리 내서 웃을 때, 자리에서 모니터를 보던 종훈이 고개를 돌렸다.

"쉬고 있으면 DIO 기사 한번 봐봐. 엄청 빠르게 대응하네."

"어떻게 대응했는데요? 대표 잘렸어요?"

"그건 아니고 관계자들만 잘랐어. DIO에서는 사과문까지 내놨어."

한겸은 잠시 연 프로를 힐끔 봤다. 그러자 연 프로가 상관없다는 듯 어깨를 으쓱거렸다.

"그놈들 망하든 말든 저하고 상관없습니다."

"저 아무 말도 안 했어요."

한겸은 피식 웃고선 기사를 찾아 읽었다.

「공정거래위원회는 두립전자의 자회사 DIO에 대한 홍보를 위해 DIO와 TX기획이 맺었던 이면계약을 실행한 DIO 측에 41억여 원의 과징금과 시정명령, 신문 공표 명령을 내렸다. 이번 공정위의 결정은 주가 변동에 대한 영향력이 없었기에 일감 몰아주기 형식으로 부당한 지원을 한 행위에 초점을 둔 것으로 보인다.」

기사를 보던 연 프로는 피식 웃으며 말했다.

"광고사 잘못 만나서 DIO도 속 좀 쓰리겠네요. 우리한테 맡겼어 봐."

"저희 지금 DIO 광고 맡을 시간 없어요."

"말이 그렇다는 거죠. 참, TX기획이나 DIO도 김 프로님이 관심이 없다는 걸 알아야 할 텐데. 그래야 자기들이 한 게 얼마나 뻘짓이었나 알 거 아니에요. 우리는 가만있는데 지들끼리 견제하느라고 별 쇼를 다 한 거잖아요."

한겸은 피식 웃고는 다른 기사를 찾았다. C AD와는 관계가 없던 일이었기에 별 관심은 없었다. 다만 DIO에서 그동안 했던 기획에 대한 해결책을 어떻게 내놓았는지가 궁금했다. 그리고 해결책에 관한 내용은 오래 찾을 필요가 없었다.

이미 실시간검색어에 온통 DIO80에 관한 내용들뿐이었다.

―DIO80 출시

—DIO80 사전 예약
—디오팔공 가격

함께 기사를 보던 연 프로는 놀란 표정으로 말했다.

"와! DIO 똥줄 탔네! 사전 예약 했던 사람들한테 휴대폰 80% 할 인해 준다는 게 말이 돼요?"

"사전 예약금을 내면 그거로 사는 거네요."

"얼마나 급했으면 이런 결정을 내렸대. 이럴 줄 알았으면 나도 사전 예약 할 걸 그랬네."

"마지막으로 나오는 게 블랙인데 홈페이지 선착순 만 명한테 같은 혜택 준다네요. 다음 거에 하세요."

"그냥 한 말입니다."

한겸은 피식 웃고는 종훈을 보며 물었다.

"전부 사전 예약에 대한 기사뿐인데 DIO 입장문은 어디서 봐요?"

"그거 DIO 홈페이지 들어가면 팝업창 뜰 거야. 사과문도 제대로 올렸고 혜택도 주고. 그래서인지 금방 잊힐 거 같아. TX기획 하고 계약 끝냈다는데 이 정도면 TX기획 없었어도 됐겠어."

"그건 아니죠. TX기획에서 사전 예약을 기획한 거에 덧붙인 거죠. 그것도 대기업이니까 가능한 일이고요."

"하긴 그렇긴 하지."

"그런데 TX랑 끝냈으면 어떤 회사가 가져가려나. 출시 얼마 안 남아서 서둘러야 할 텐데."

"사과문 보면 광고 회사 선정은 내부 회의를 통해 공정하게 결정한다고 그러더라."

"입찰이 아니라요?"

"네가 말한 대로 시간이 없어서 그럴 수도 있을 거 같은데?"

"그럼 동양은 스페이스를 하고 있으니까 제외. 그럼 한성 아니면 우리인데."

한겸의 말이 끝나기 무섭게 사무실 문이 벌컥 열리며 우범이 들어왔다.

제4장

DIO I

한겸이 한 말을 들은 팀원들은 우범이 말을 꺼내기도 전에 입을 열었다.

"혹시 DIO에서 연락 왔어요?"

그 말을 들은 우범은 팀원들을 가만히 쳐다보더니 이내 한겸을 보며 이해했다는 듯한 표정을 지었다.

"맞다."

우범의 대답이 들리자 DIO OT에 참여했던 범찬과 임 프로는 어이가 없다는 표정을 지었다.

"와! 양심에 털이 얼마나 났으면 우리한테 연락을 할까."

"아주 정글일 겁니다! OT 때 그딴 식으로 해놓고 이제 와서 광고 맡아달라는 건 좀. 최 프로님도 그때 TX 이사 놈 표정 보셨죠? 저희 보고 막 비웃고! DIO가 동조해서 그렇게 한 건데 DIO는 어떻게 우리한테 연락을 할 생각을 했을까."

다른 팀원들도 말은 하지 않고 있었지만 그다지 좋은 반응은 아니었다. 그때, 팀원들을 보던 한겸이 입을 열었다.

"그때 관계자들은 전부 쫓겨났을 거 같은데요. DIO에서 급하게 해결하고 있는데 관련된 사람을 안고 갈 거 같진 않거든요."

우범은 사무실 가운데 놓인 테이블 의자에 앉으며 고개를 끄덕거렸다.

"DIO에서 급하게 꾸린 거 같았다. 특이하게도 부사장이 직접 나섰다고 했다."

"그런데 저희 DIO 맡을 시간 없는 거 아시죠? 전 분트 광고 하는 중이고 다른 팀원들도 HT 광고 관리해야 돼서 여유가 없어요."

"여유가 없다고 말했는데도 계속 미팅 요청을 해왔다. 그것도 부사장이 직접."

"부사장이든 사장이든 저희가 시간이 없잖아요."

"안다. 그렇게 얘기를 했는데도 부사장이 직접 연락을 해서 미팅만이라도 하자더군. 그리고 해외 광고까지 얘기를 했다."

한겸은 아무리 생각해도 힘들다고 느껴졌다. 분트와의 일도 대만으로 끝나는 것이 아니었다. 지금도 시간이 부족하다고 느끼는데 DIO까지 할 여유가 없었다. 한겸은 혹시나 싶어 팀원들을 봤다.

"어떻게 할래?"
"HT 시나리오는 3개까지는 완성해 둔 상태니까 괜찮지 않아?"
"그렇긴 한데 DIO에서 시간을 많이 주진 않을 거란 게 문제야. 많이 줘야 두 달? 짧으면 한 달? 그 기간 안에 완성해서 광고 내보내려면 좀 힘들 거 같은데."
"그렇긴 한데 그래도 엄청 큰 건인데 그냥 보내긴 아쉬운데."
"기간이 길면 내가 혼자 해보겠는데 기간이 너무 짧을 거란 게 문제야. 아, 대표님. 그런데 HT 같은 온라인 광고 아니고 정식 광고죠?"

우범이 고개를 끄덕거리자 팀원들은 부담스럽다는 표정을 지었다. 그러던 중 수정이 한겸을 보더니 입을 열었다.

"우리 역량은 네가 가장 잘 알고 있잖아. 미팅해서 우리가 할 수 있을 거 같으면 수락하고 아니면 말고."

"음. 해보면 될 거 같긴 한데… 문제가 그뿐만이 아니라 지금 상황도 문제란 말이지."

"무슨 상황?"

"지금 이면계약 문제로 국민의 대다수의 이목이 DIO에 쏠려 있잖아. 광고 회사까지 껴 있었던 문제니까 광고 자체에도 관심을 보일 거야. 당연히 광고를 내놓기 전부터 관심을 보이겠지? HT야 급하게 진행해서 정보가 없었던 탓에 사람들이 예상할 수 없어서 재미를 느꼈지만, 이건 광고가 나온 순간부터 모든 관심을 보일 거야."

"그렇겠네……."

"그래도 성공하면 AE로서 우리 입지는 올라갈 거 같긴 해. 다들 그 부담감을 감내할 수 있다고 그러면 미팅을 해볼게."

우범은 자신이 할 말을 대신한 한겸을 보며 웃었다. 회사 입장으로는 무조건 DIO와 계약을 하는 게 맞았다. 하지만 한겸이 말한 이유처럼 기획 팀이 부담감을 느낄 수 있다는 생각에 직접 의견을 물어보기 위해서 기획 팀을 찾아온 것이었다. 그때, 자기들끼리 웅성거리던 팀원들 중 범찬이 입을 열었다.

"지금도 HT 영상 언제 나오냐고 기다리는 사람 많은데 부담감쯤이야! 그거보다 난 야근이 문제다. 그래도 떨어지는 게 많으니까 하는 게 좋을 거 같은데?"

범찬은 돈을 세듯 손을 비비며 웃었다. 그 모습을 보던 종훈은 못 말린다는 듯 고개를 저으며 말했다.

"역시 너답네. 그래도 DIO하고 TX 문제가 시끄러워서 일단 색안경 끼고 보는 사람도 있을 건데?"

"형은 참! 그런 거 무서우면 어떻게 광고 만들어요. 원래 욕하는 사람은 어딜 가도 욕만 해요. 다들 좋아하는 분마에도 욕하는 사람 있고 우리 광고에도 꼭 욕하는 사람 있잖아요! 내가 아직도 기억해! Myold23 이 새끼! 내가 만든 광고마다 지적질하는 놈!"

"그렇긴 하지. 그럼 한번 해보는 게 어때? 밤샘하는 건 이제 익숙하잖아."

팀원들은 서로의 얼굴을 쳐다봤다. 표정에 걱정이 묻어 있었지만, 이내 결심한 듯 동시에 고개를 끄덕거렸다.

"해보자! 이번에 겸쓰 너도 붙을 거지? 이거 우리끼리는 한 달 안에 못 해."

"아무래도 하게 되면 같이하는 게 맞을 거 같아."

"오케이. 겸쓰도 같이하면 좀 귀찮긴 하겠지만 완성도는 문제 없을 거고. 그럼 프로님들! 우리 한번 해보는 게 어떨까요?"

아직 입사한 지 얼마 되지 않은 팀원들은 자신들이 판단할 수 없다고 생각했는지 부담스러운 표정을 지은 채 대답을 하지 않았다. 그러자 범찬이 웃으며 입을 열었다.

"너무 부담 갖지 말아요."

"DIO면 엄청 큰 회사인데 저희는 아직 제대로 판단이 안 서네요. 프로님들 하시는 대로 따라가겠습니다."

"에헤이, 부담 가질 필요 없다니까요. 그냥 제가 물어본 건 체력적으로 괜찮겠냐는 거예요. 밤샘이 한 달이 될 수도 있으니까요!"

"아! 그건 문제없습니다. 그런데 짧은 시간 안에 제대로 된 광고를 만들 수 있을까요……? 너무 기간이 짧은 거 같은데요. 가뜩이나 DIO랑 TX 욕먹고 있는데 괜한 불똥이 저희한테까지 튀는 건 아닐지……."

"불똥 튀기는 걸 왜 우리가 걱정해요. 그런 거 걱정 안 해도 돼요. 대표님이 다 알아서 끌 거예요. 만약에 그래도 사람들이 욕한다? 그것도 전부 다 대표님이 먹을 거예요."

범찬은 확인을 해주겠다는 듯 고개를 돌려 우범을 봤고, 눈을 마주친 우범은 헛웃음을 뱉었다. 범찬이 장난스럽게 말을 하곤 있지만 전부 맞는 말이었다. 그렇기에 팀원들을 보며 고개를 끄덕거렸다. 그러자 팀원들도 조금 걱정이 가신 듯한 표정으로 고개를 끄덕거렸다. 수정은 그런 팀원들을 가만히 쳐다봤다.

"최범찬은 진짜 선동 하나는 인정해야겠어요. 일제시대에 태어났으면 딱 일본 앞잡이 했을 거 같아요."

"야! 앞장서서 독립투사 했을 수도 있는데 왜 하필 앞잡이야!

이 시국에!"

"넌 독립투사감은 아니야. 휴, 아무튼 엄청 바쁘겠네."

팀원들의 의견이 결정되자 한겸은 만족스러운 표정을 짓고 있는 우범을 보며 말했다.

"DIO에서는 급하니까 오늘 미팅할 수도 있겠네요?"

"지금도 계속 기다리고 있을 거다. 워낙 서두르고 있으니까."

"음, 지금은 좀 바쁘니까 한 7시쯤 될까요?"

"그렇게 하지. 그럼 볼일 보고 미팅 잡히면 알려주겠다. 제작사는 방 PD님이 좋겠지? 방 PD님 스케줄은 우리가 확인해 보마."

우범이 사무실을 나서자 범찬이 곧바로 입을 열었다.

"기분이 조금 이상하네. 옛날에 미팅 한번 해달라고 DH은행 편의점 앞에서 죽치고 있을 때가 엊그제 같은데 이제는 DIO한테 기다리라고도 하고! 우리 정말 많이 컸다."

"일부러 기다리라고 하는 게 아니라 진짜 바쁘니까 그런 거지."

"아무튼 기다릴 거 아니야. 그나저나 어떤 광고를 만들어야 되려나. 이벤트 기획도 맡아달라고 하려나? 우리 오늘부터 밤샘해야겠지?"

"확정되면 생각해. 오늘 미팅 얼마나 걸릴지 모르니까 다들 먼저 퇴근하고. 혹시 결정되면 연락할게. 연 프로님 저희는 다시 분류해요."

한겸이 다시 일을 하려 하자 나머지 팀원들도 스스로 모이기 시작했다. 그러고는 DIO에 관한 얘기를 하기 시작했다. 그 모습을 본 한겸이 피식 웃자 연 프로가 귀에 대고 속삭였다.

"뭘 애들 보듯 기특하게 보세요?"
"뿌듯해서요."
"뿌듯하기보다는 조금 의외네요. 신입분들이야 뭘 몰라서 그럴 수 있는데 다른 분들은 안 할 줄 알았거든요. 남들이 하던 거 이어받아서 하면 비교되기도 하고 여러모로 거슬릴 일이 많잖아요."
"그래서 더 뿌듯한 거 같아요. 발전하려고 스스로가 움직이잖아요."
"그런가. 제가 보기에는 매일 보던 게 김 프로님이라서 따라 하는 거 같은데. 일단 해보자는 그런 마인드?"

한겸은 피식 웃었다. 자신을 따라 하든 아니든 HT의 광고를 제작한 이후로 다들 확실히 자신감도 생긴 것처럼 보였다. 지금도 범찬, 수정, 종훈이 앞에 나서서 신입 팀원들을 이끌고 있었다.

한겸은 만족한 표정으로 팀원들을 한참이나 바라보고선 다시 일을 하기 시작했다.

한참 뒤. 한겸이 시간이 얼마나 흘렀는지 가늠이 되지 않을 정도로 집중하며 일을 하고 있을 때, 사무실 직원이 기획 팀 사무실로 들어왔다.

"7시 미팅 잡혔습니다! C AD로 직접 온다네요."

"네, 알겠어요."

"그리고 대표님이 DIO에 대한 부담감이 조금 줄어들 거라고 인터넷 한번 보시라고 하시네요."

"인터넷이요?"

"네, 정확히는 TX기획 보시면 돼요."

사무실 직원은 바쁜 모양인지 그 말을 끝으로 가버렸다. 직원의 말을 들은 기획 팀원들은 하던 일을 멈추고 입을 열었다.

"겸쓰, TX는 왜?"

"같이 들었는데 나도 모르지. 다들 찾아봐."

한겸은 곧바로 검색사이트에 들어갔다. 그러자 찾을 필요도 없이 메인 뉴스에 TX기획과 관련된 기사가 보였다. 기사에는 영상도 함께 게재되어 있었다.

「호정그룹 TX기획의 감사 결과, 내부적으로 큰 문제가 있다는 걸 인정했다. 해당 영상의 A 씨는 직원을 상대로 폭언을 일삼으며 책임을 져야 할 위치에 있음에도 직원에게 책임을 전가하기도 했다.

위 영상은 TX기획에서 직접 공개한 영상으로, 호정은 내부감사를 하기 전까지 이면계약을 알지 못했다고 전했다. 영상 속 A씨는 DIO와의 이면계약을 주도한 사람으로, 모든 업무를 독단적으로 진행했다고 밝혔다. 영상을 제보받은 TX기획은 내부 조사를 통해 사실을 확인했고, 확인을 마친 뒤 A씨를 이사직에서 해임했다.

TX기획은 이번 일로 잃게 된 것은 많지만, 사내 문화를 돌아볼 수 있는 계기로 생각하겠다고 밝혔다. 또한 앞으로 수직적인 사내 분위기를 타파하고 직급이 더 이상 권력으로 사용되는 걸 방지하기 위해 매주 직원들을 대상으로 교육을 하겠다고 알렸다.」

기사를 보던 한겸은 시큰둥한 표정으로 영상을 재생시켰다. 구도로 봐서는 구석에서 촬영을 한 것처럼 보였다. 영상이 시작되자마자 욕설부터 들려왔다.

―이런 *** 대가리에 똥만 가득 찬 **!
―죄송합니다.
―이걸 기획안이라고 가져왔어? 혹시 네 아들이 적어 온 거 아니야? 내용도 정리도 안 되어 있고 이건 뭐 쓰레기야. 이렇게 하는 데도 월급 받고 좋겠다?
―죄송합니다.
―알면 똑바로 하라고! 이 버러지야!

영상은 내내 보는 사람들이 인상을 쓰게 만들었다. 테이블에서 팀원들과 함께 영상을 보던 범찬은 자신과 상관도 없는 일인 데도 화를 냈다.

"와! 뭐 이런 놈이 다 있어. 예전에도 실실 웃기나 하더니 진짜 관상은 과학이라니까. 아니, 지적을 할 거면 지적만 하든가 왜 패드립까지 하냐. 와, 좀 충격이다."

"이건 경우가 심하긴 한데 보통 회사 다니면 상사 갑질이야 다들 한 번씩은 겪어볼걸요."

"박 프로님도 겪어보셨어요?"

"그럼요. 지가 한 일 모른 척하고 떠넘기기도 하고, 대놓고 무시도 하고. 물론 좋은 상사도 있지만, 뭐 수직적인 관계가 형성된 이상 없애기는 힘들죠. 우리나 대표님 빼고 전부 프로라고 부르죠."

"이거 보니까 진짜 겸쓰하고 같이 일하길 잘했네. 만약에 다른 회사 들어가서 이런 대우 받았으면 면상에 서류철 날렸을 거 같은데."

"하하. 저도 사실 C AD와서 조금 놀랐다니까요. 대표님한테도 할 말 다 하고, 대표님도 직원들 의견 다 묻고 다니시고. 진짜 좋은 회사 같아요."

"당연하죠. 제가 오너인데."

한겸은 피식 웃다 말고 옆에 있는 연 프로를 봤다. 연 프로는 애써 참고 있지만 예전 동료들을 떠올렸는지 마치 자신이 당한 일이라도 되는 듯 얼굴까지 붉어져 있었다.

*　　　　*　　　　*

　한겸은 댓글을 보면 연 프로의 화가 풀릴 것 같은 생각에 스크롤을 내렸다. 그러자 아니나 다를까 베스트 댓글부터 모든 댓글이 최 이사에 대한 욕이었다.

　"댓글들로 욕이 엄청 나네요."
　"그러게요. 어후, 이런 대우를 받으면서 1년간이나 다닌 게 용하네."
　"그래도 최 이사가 저런 게 TX기획에는 도움이 됐네요. TX기획도 분명히 알고 있었을 건데 모른 척하면서 최 이사 저 사람을 희생양으로 삼았네요."
　"참 끼리끼리 뭉친다고 똥끼리 뭉쳤어요. 휴, 그래도 TX기획에서 이렇게 터뜨린 덕분에 정말 DIO에 관심은 줄어들겠는데요? 하여간 TX는 진짜 문제 있어. 방 PD님도 이 기사 보시면 아주 좋아하시겠어요."

　한겸도 동의한다는 듯 고개를 끄덕거렸다. 방 PD도 오래전 TX기획에게 피해를 입었다는 말이 떠올랐다. 그 일을 누구보다 잘 아는 사람이 바로 옆에 있었기에 한겸은 고개를 돌려 수정을 봤다.
　그때, 수정이 시선을 느꼈는지 고개를 들었고, 한겸과 눈이 마주쳤다.

"아예 확 망해야 되는데 그러진 않겠지?"

한겸은 어색한 미소로 대답했다.

"타격이 생각보다 클 거야."
"기분 좋아야 되는데 뭔가 기분이 찜찜해."

한겸은 수정의 마음이 어느 정도 이해되었다. 복수라기에는
애매한 상황이었기에 저런 기분이 들 것이었다. 그때, 한겸의 휴
대폰이 울렸다. 번호를 확인한 한겸은 어색한 미소로 수정을 봤
다.

"아빠야? 왜 나한테가 아니라 너한테 전화를 했대."
"일 때문에 하셨나 보네."

통화 버튼을 누르자 방 PD의 목소리가 들렸다. 수정과 마찬
가지일 거라고 생각했는데 전화 너머로 들리는 목소리는 상당히
차분했다.

―김 프로, TX기획 기사 봤어요?
"네, 지금 보고 있었어요. PD님도 보셨어요?"
―기사만 봐도 썩은 내가 얼마나 풍기는지 참.

한겸은 어색한 미소로 방 PD의 말을 기다렸다. 차분한 목소리이기는 해도 수정과 마찬가지로 찜찜한 기분을 느끼고 있을 것이었다.

그런데 방 PD의 말은 한겸의 예상과 달랐다.

―내가 전화한 건 그거 때문이 아니라 일 때문에 연락했어요.

"네?"

―아까 성 대표가 연락해서 알려주더라고요. DIO 맡는다고.

"아, 네. 안 그래도 오늘 미팅하고 연락드리려고 했어요."

―직접 연락 안 했다고 뭐라 하는 게 아니라 하게 되면 우리가 무조건 한다고, 그 말 하려고 연락했어요.

"당연히 그래야죠."

한겸은 감정보다 일이 우선인 방 PD의 모습이 프로답게 느껴졌다. 아무리 어른이라고 해도 감정이 있을 텐데 그걸 억누르는 건 쉽지 않았을 것이다. 그때, 방 PD가 힘 있는 목소리로 입을 열었다.

―TX가 만들었던 거보다 무조건 잘 만듭시다!

"네?"

―그럴 수 있죠? 김 프로는 기가 막힌 기획만 짜요. 그러면 우리가 젖 먹던 힘까지 쥐어짜서 제작할 테니까! 그래서 TX에 본때를 보여줍시다.

한겸은 웃으며 고개를 끄덕거렸다. 조금 전도 프로처럼 느껴졌었지만, 지금 한 말을 들으니 방 PD가 더 프로답게 느껴졌다. 실력으로 우위에 있다는 걸 보여주고 싶다는 게 느껴졌다.

"확정이 된다면 열심히 만들어볼게요. 그런데 일정이 빠듯할 거 같은데 괜찮으시겠어요?"

―김 프로랑 일하면서 매번 그랬는데 뭘 새삼스럽게 그래요.

"그럼 오늘 미팅하고 바로 연락드릴게요."

한겸은 웃으며 통화를 마쳤다. 팀원들은 물론이고 방 PD까지 열정을 보인 덕분에 조금 더 긍정적으로 선택할 수 있을 것 같았다. 게다가 TX기획에서 내보낸 기사 덕분에 대중들의 시선이 DIO가 아닌 TX기획에 쏠려 있었기에 부담감도 조금은 가셨다.

*　　　　*　　　　*

DIO와의 미팅에 자리한 한겸은 내심 놀랐다. 미팅이라고 했기에 마케팅 관계자가 자리할 줄 알았는데 지금 앞에 있는 사람은 진짜 DIO의 부사장이었다.

두립 그룹 중에서도 두립 전자는 가장 중요한 위치에 있었고, DIO는 전자에서도 따로 MC사업본부로 분류가 되어 있을 정도로 중요했다. 그런 곳의 부사장이면서 본부장인 사람이 직접 찾아온 것만 봐도 이번 일을 얼마나 중요하게 생각하는지 알 수 있었다.

하지만 그건 DIO의 입장이었고, 한겸의 입장은 팀원들이 할수 있는지 아닌지 판단하는 일이었다. 팀원들도 밤샘을 각오하고 있었지만 지금 DIO에서 요구하는 조건은 아무래도 받아들이기 어려웠다.

　한겸은 퇴근도 하지 않고 함께 미팅에 참석한 종훈을 봤다. 그러자 종훈이 심각한 표정으로 어렵다는 듯 고개를 저었다. 한겸도 같은 생각이었기에 고개를 끄덕이고는 부사장에게 말했다.

　"그래서 이제 곧 출시인데 한 달 만에 4개의 광고를 제작하는 건 힘들 거 같아요."

　"30개가 넘는 영상을 한 달 만에 제작한 곳이 C AD인데 여기서도 힘들다고 하시면 어떡하나요. 너무 겸손하십니다."

　"TV 광고와 인터넷광고는 차이가 있어요. HT 같은 경우는 심의 문제로 TV에 내보낼 수가 없거든요. 미디어 광고와 인터넷광고는 길이가 같다고 해도 제작하는 게 문제예요. 조건이 너무 많거든요."

　"어쩔 수가 없습니다. 이미 진행한 기획들이 있어서 모델을 바꾸기보다는 그 모델들을 사용한 광고를 제작하는 게 맞다고 판단했습니다."

　DIO에서는 기존의 모델을 계속해서 사용하길 원했다. TX에서 진행했던 기획들 중 엎을 수 없는 것들도 있었기에 끌고 가는 게 좋다고 판단한 모양이었다.

"그러니까요. 아마 내일부터 촬영을 시작해도 그 기간 안에는 힘들 거 같아요. 제작도 문제지만 해외에서도 사용하실 거잖아요. 그럼 시간에 맞춰서 선전하는 계획 짜기도 벅찰 거 같아요."

"각 나라마다 다른 광고를 내보낼 것이라서 다른 나라는 걱정하지 않으셔도 됩니다. 해외용이 아니라 국내용입니다. 그리고 언팩 행사는 광고 없이 진행할 예정이니 걱정하지 않으셔도 됩니다. 다만 국내 DIO80 공개 쇼케이스 때까지만 맞춰주시면 됩니다."

"그래도 기간이 너무 부족해서 힘들 거 같습니다."

국내에서만 사용될 광고라고는 하지만 기간이 너무 짧았다. 한겸은 계속해서 거절 의사를 밝혔지만, 부사장은 물러서지 않았다.

"이번에 새롭게 구성된 마케팅 팀의 90% 이상의 팀원들이 C AD를 추천했죠. 분마, 분트의 광고, HT의 광고를 보고요. 그리고 무엇보다 전 그 김치 회사의 광고가 눈에 들어왔습니다. 저희가 원하는 게 그렇게 대단한 건 아닙니다. 총 4가지 색으로 출시되는 DIO80이 박순정 김치나 분마처럼 사람들에게 각인되었으면 할 뿐입니다."

한겸은 아무리 생각해도 불가능할 것 같았다. 한 달이라는 시간은 하나만 제작해도 부족한 시간이었다.

"저희를 알아보고 오신 거 같은데 저희가 기획 팀이 하나인 건 아시죠?"

"알고 왔습니다."

"그럼 저희가 지금 진행하고 있는 일이 있다는 것도 아시겠네요."

"압니다. 그런데 예산을 보시면 마음이 바뀌실 겁니다. 1년 국내 예산으로만 580억입니다."

"음. 저희 대행료 빼면 500억 조금 넘네요. 거기서 제작비를 빼면 게재 비용으로 매달 40억 조금 넘겠고요. 1년이라고 해도 출시 당시에 힘을 실어야 하니까 초반 두세 달에 150억 정도씩 게재비로 사용하면 스페이스하고 비슷하겠네요."

"계산이 빠르시군요."

"간단하니까요. 그런데 DIO70 출시할 때보다는 예산이 적은 걸 보면 TV 광고 시장이 줄어들고 있으니까 모바일에 힘을 실어 달라는 얘기 같고요. 그럼 TV용 광고와 모바일용 광고를 제작해야 된다는 말이겠고요."

DIO의 부사장은 약간 놀랍다는 표정을 지었다. 몇 가지 정보를 주면 그 정보를 가지고 바로바로 유추를 하고 있었다. 그런데 그게 또 정확하다 보니 감탄할 수밖에 없었다. 그러다 보니 C AD에 맡기고 싶다는 생각이 더 커져갔다. 그때, 한겸이 C AD 대표를 보며 고개를 젓는 모습이 보였다. 그러자 대표가 고개를 끄덕였고,

한겸이 입을 열었다.

"그럼 더 힘들어요."

"네?"

"한 달 안에 그건 무리예요. 저희가 DIO의 조건을 맞출 수가 없어요."

"이건 조율이 가능한 거 아니겠습니까? 보통 버전이 다른 광고를 내놓더라도 시간을 두고 내놓으니 한 달이 넘는 기간이라고 보셔야 하죠. 우선적으로 한 달 뒤 쇼케이스 때 공개할 광고 한 가지만이라도 먼저 완성해 주시면 됩니다."

"그래 봤자 두 달 정도 시간이 있을 텐데 사실 그것도 힘들어요. 온전히 저희한테 맡기신다면 가능할 수도 있는데 네 가지 버전의 광고라는 조건이 있잖아요."

사무실 직원들의 신경은 온통 한겸에게 쏠려 있었다. 일생일대의 기회라고 생각할 수 있는 일을 한 치의 고민도 하지 않고 거절하는 말에도 직원들은 고개를 끄덕거리고 있었다. 예전 같았다면 미쳤다고 생각했을 텐데 지금은 아니었다. 굳이 DIO가 아니더라도 그런 기회가 또 있을 거라는 믿음도 있었고, 무엇보다 한겸의 선택이 틀린 적이 없었기에 전적으로 믿고 있었다.

하지만 DIO의 부사장은 전혀 생각지 못한 상황이 무척이나 당황스러웠다. 다른 곳 같았으면 예산을 내민 순간 간이고 쓸개고 다 내주기라도 할 것처럼 굴었을 텐데 한겸은 눈 하나 껌뻑 안 하고 거절을 하고 있었다. 최대한 빨리 해결을 하기 위해 최후의 수단을 빠르게 꺼냈는데 거절을 당해 버렸다. 함께 온 마케팅 관계자도 어이가 없다는 표정이었다. 그때, 부사장의 표정을 본 한겸이 입을 열었다.

"600억 가까이 되는 예산이라서 욕심도 나는데요. 돈은 일단 접어두고 생각하는 게 맞죠. DIO에서도 이번에 휴대폰 시장에서 스페이스의 점유율을 일부라도 가져오려고 하는 거잖아요."

"맞습니다."

"일단 휴대폰이 비슷한 성능이라면 광고와 홍보로 인해서 성과가 갈리는데 그걸 저희가 부담하기에는 시간이 너무 짧아요. TX는 훨씬 전부터 준비하고 있었다면서요."

부사장은 멋쩍게 웃었다. 아무렇지도 않은 표정으로 DIO의 치부를 건드리고 있었다. 정말 아무런 관심이 없는 건지 놀리는 건지 헷갈릴 지경이었다.

"그런데 TX는 얼마나 준비했어요?"

"후후… DIO70 홍보가 끝남과 동시에 시작했다고 들었습니다."

"그럼 9개월 정도네요."

한겸이 갑자기 아쉽다는 표정을 지었고, 부사장은 그런 한겸을 물끄러미 쳐다봤다. 잠시 뒤, 미팅 내내 담담하던 한겸이 갑자기 무언가 생각난 듯 히죽 웃었다. 그러고는 부사장을 보더니 갑자기 어색한 미소를 지으며 입을 열었다.

"9개월이라고 해도 화이트 음원 나오기 전에 기획은 완성해 놓은 상태였겠죠?"
"왜 지난 얘기를 하시는 거죠?"
"그렇게 오래 준비를 했는데 어떤 광고를 제작했을지 궁금해서요. 혹시 TX에서 제작한 광고 보여주실 수 있을까요?"
"음?"
"그걸 보면 DIO에서 어떤 식으로 제작하길 원하는지 알 수 있을 거 같아요. 그럼 저희도 가능한지 판단이 될 거 같고요."

부사장은 어이가 없다는 표정을 지었다. 하지만 마음이 급했기에 그것도 잠시였고, 옆에 있던 팀장을 쳐다봤다. 그러자 팀장이 고개를 끄덕거리며 휴대폰을 꺼냈다.

"인계받으면서 받아놓은 게 있습니다. 그런데 마지막 하나는 일이 터져서 완성을 못 시킨 상태였습니다."
"그거면 충분해요. 제가 봐도 될까요?"

팀장은 다시 부사장을 쳐다봤고, 부사장은 고개를 끄덕거렸다. 그러자 팀장이 한겸에게 휴대폰을 넘기자, 한겸은 기대된다는 표정으로 휴대폰을 건네받았다. 그러고는 곧바로 영상을 재생시켰다.

"이게 화이트겠네요."

"정확히는 퍼펙트 화이트죠. 그런데 저희한테 관심이 많으셨
군요."

"그냥요. TX에서 저희를 자꾸 견제해서 그냥 알고 있는 거죠."

부사장은 이렇게 직설적인 대화는 정말 오랜만이었다. 항상
의미를 파악해야 하는 대화를 하느라 피곤했는데 한겸과의 대
화는 그럴 필요가 없었다. 갑자기 남의 광고를 보겠다고 하질 않
나. 그 광고를 보면서 기대되는 표정을 짓지를 않나. 한겸의 행
동 하나하나가 신선하게 느껴졌다. 그때, 휴대폰을 보던 한겸의
표정이 변했다.

*   *   *

휴대폰을 보던 한겸은 자신도 모르게 말을 뱉었다.

"와… 좋다."

이미 쓸모가 없어진 광고였기에 부사장은 아쉬운 표정으로 대
답했다.

"그렇습니까?"

"네. 화이트라서 스키장에서 촬영한 건 조금 식상하긴 한데요 전체적인 분위기는 좋아요. 아! 갑자기 모델 얼굴만 계속 잡히는 건 빼고요. 이 부분에 모델 얼굴 잡히는 순간 광고 색이 변해요. 그리고 마지막에 DIO가 미는 카피인 Everywhere도 색이 이상하고요. 그래도 카피는 뭐 조금만 만지면 될 것 같긴 한데."

"색이요?"

"아! 느낌? 그래도 마지막 앞에서 얼굴 나오는 건 상당히 좋아요. 그리고 여기, 갑자기 멈출 때 화면에 눈 튀기는 장면은 굉장히 좋네요. 눈이 진짜로 화면에 튀긴 거 같은 느낌인 거 보면 생동감을 주려는 거 같고. 그 말은 생동감을 느낄 만큼 휴대폰 화질이 좋다는 걸 강조하는 거겠네요."

"후후. 한번에 알아보는 게 더 신기하군요. 맞습니다. 이번에 DIO80의 스펙은 괴물이라고 보셔도 됩니다. 휴대폰 이용자들 대부분이 Y튜브같은 동영상 플랫폼에서 영상을 보는 시간이 가장 높습니다. 그런 수동적인 사용을 제외하더라도 화질이 가장 중요하죠. 사진이나 동영상을 촬영하니까요. 무결점과 온전한 8K를 담은 걸 강조하는 겁니다. 이 광고도 DIO80으로 촬영을 한 겁니다."

"전문가용 카메라 렌즈 부착 같은 걸 했겠죠? 그렇다고 해도 이 광고 좋아요. 진짜 눈 튀기는 장면은 버리기 너무 아깝네요."

한겸은 영상을 보며 약간 놀랐다. 흔하게 볼 수 있는 장면인데도 오랜 시간 준비를 해서인지 배경과 모델과 색까지 자연스럽게 조화가 되었다. 그래서인지 한겸이 방금 말한 부분만큼은 색이 보이고 있었다.

'괜히 TX가 광고업계 2위에 있는 게 아니었네.'

한겸은 그 장면을 몇 번이나 돌려 보고선 다음 영상을 봤다. 다음 영상은 보라색에 대한 영상이었고, 걸 그룹 멤버 한 명이 나오고 있었다. 연출 자체는 정말 평범했다. 모델이 골목을 걸어 갈 때마다 사람들이 인사를 했고, 꽃집을 지나갈 때 꽃집 주인 이 안개꽃을 건네주었다.

'이 모델은 그래도 회색이네. 포즈만 잘 취하면 노란색으로도 보일 수 있겠네.'

안개꽃을 받아 든 모델은 향기를 한번 맡은 뒤 셀카를 찍으려 는 준비를 했다. 그러다가 고개를 숙여 자신의 옷차림과 안개꽃 을 번갈아 쳐다봤다.

그러고는 씨익 웃으며 휴대폰을 안개꽃 위로 몇 번 움직였다. 그 순간 한겸의 눈에 색이 보이기 시작했다. 그러자 한겸은 옆에 자리한 종훈에게 물었다.

"안개꽃이 흰색에서 보라색으로 변한 거예요?"
"응, 같이 봤잖아."

"아무튼 맞죠? 옷도 보라색이었구나. 여기 이 장면 굉장히 좋은데요?"

모델의 미소와 보라색 안개꽃이 굉장히 아름다웠다. 보라색에 대한 호감을 끌어올릴 수 있을 것처럼 느껴졌다.

"두 번째는 모델하고 꽃이 다 했네요. 그런데 보라색 안개꽃도 있어요?"
"아마 드라이플라워일 겁니다. 물들인 거죠."
"아, 그렇구나."

한겸은 조금 아쉬웠다. 자신은 보라색일 때만 색이 보였기에 색이 변하는 장면을 볼 수가 없었다.

'첫 번째나, 두 번째나, 이대로 묻혀두기엔 너무 아깝네.'

한겸은 아쉬움을 뒤로하고 마지막 남은 영상을 재생했다.

"세 번째는 블루네요. 아! 퍼펙트 블루요."
"후후. 맞습니다."
"이건 해외 촬영이네요."
"인도네시아 탕시 핑크 비치입니다."

해가 지고 있는 바닷가가 배경이었다. 이번 모델은 보이 그룹

의 멤버였다. 첫 장면은 사람 한 명 없는 핑크빛 모래사장에서 모델이 카메라를 향해 달려오는 장면이었다. 그러고는 자신을 찍고 있는 카메라를 낚아채는 시늉을 했고, 그와 동시에 화면이 바뀌었다. 모델의 손에는 휴대폰이 들려 있었다.

모델은 곧장 바닷물로 뛰어들었고, 화면도 바닷속으로 변했다. 그 순간 한겸의 눈에도 색이 보이기 시작했다. 파란색 바닷물 속에서 모델이 카메라를 들고 셀카를 찍는 모습이 나왔다. 그러고는 다른 광고들과 마찬가지로 Everywhere라는 카피가 등장했다. 바닷속임에도 자연스럽게 눈을 뜨고 있는 모델도 멋있었고, 모델이 움직일 때마다 생기는 기포까지 화면에 자연스럽게 담겼다.

"진짜 바닷물에 빠져도 휴대폰 안 고장 나요?"
"하하하. 맞습니다."
"좋네요… 이 기포들은 일부러 넣은 거죠?"
"거기까진 모르겠습니다."
"엄청 자연스러운 데다가 색도 정말 잘 담겼네요."
"다 필요 없어진 것들이죠."

한겸은 색이 보이는 광고 영상들이 사장된다는 아쉬움과 팀원들이 제작을 해도 저렇게 색이 보이는 광고를 제작할 수 있을지 하는 걱정이 교차되었다.

'TX에서 만든 것처럼 3초 정도만 색이 보여도 좋을 거 같

은데.'

그런 생각을 하던 한겹이 갑자기 우범을 급하게 쳐다봤다. 그러자 우범도 그동안의 경험상 한겹에게 좋은 아이디어가 떠올랐다는 것을 알아채고선 고개를 끄덕거렸다. 그러자 미팅 중이던 한겹이 갑자기 일어나더니 직원들에게 펜과 메모지를 빌려 왔다.

DIO의 부사장은 미팅을 하다 말고 갑작스레 메모를 하는 한겹의 행동에 적잖이 당황했다. 게다가 주변에 있는 사람들의 모습 때문에 더욱 혼란스러웠다. 보통 미팅을 하는 도중에 저런 행동을 한다면 제지하기 마련일 텐데 대표라는 사람은 물론이고 모두가 응원까지 하는 것처럼 보였다. 그때, 함께 C AD를 찾아온 마케팅 팀장이 나서려 했고, 부사장은 손을 내밀어 팀장을 제지했다.

"분위기를 보면 조금 기다려야 할 것 같군요."

그 말을 들은 우범은 웃으며 입을 열었다.

"좋은 아이디어가 떠오른 모양입니다. 순간순간 아이디어가 떠오르는 걸 놓치지 않으려고 메모를 하는 중이니 양해 부탁드립니다."

"네. 우리 일에 관해서 아이디어를 떠올린 모양인데 기다려야죠."

부사장은 우범과 대화를 하며 한겸을 기다렸다. 대화를 하는 도중에도 한겸에게 온통 시선이 가 있었고, 어떤 아이디어를 떠올렸기에 갑자기 메모를 하는지 궁금했다. 잠시 뒤, 한겸이 고개를 들었다. 그런데 한겸의 표정이 이상했다. 기쁜 듯하면서도 무언가 고민이 가득한 표정이었다. 그런 표정의 한겸은 일단 우범을 쳐다봤다. 그러고는 DIO 부사장을 보며 말했다.

"죄송한데, 내일 다시 미팅 괜찮으세요?"
"음… 지금 확답을 들을 순 없겠습니까?"
"확인해야 될 문제가 있어서요."
"그 문제가 뭔지는 모르겠지만, 해결이 된다면 긍정적인 대답을 기대해도 되는 걸까요?"
"아마도 그렇게 될 거 같아요."
"좋습니다. 그럼 내일 다시 찾아오겠습니다."

부사장은 그 말을 끝으로 자리에서 일어났다.

*　　　*　　　*

DIO의 부사장이 돌아가자 종훈은 물론이고 우범과 사무실 직원들은 모두 한겸을 쳐다봤다. 시선을 받은 한겸은 난감한 표정으로 자리에 앉았다. 그러자 우범이 맞은편 자리에 앉으며 질문을 했다.

"DIO 부사장이 있어서 못 물어봤는데 무슨 문제가 있다는 거지?"

"음, TX에서 만든 광고 어땠어요?"

"생각보다 좋더군. 네가 잘 만들었다고 할 정도니까."

"그게 문제예요. 오래 준비한 만큼 정말 잘 만들었거든요."

"우리가 만들어도 그 정도는 안 된다는 게 문제라는 말이냐?"

"저희도 오래 준비하면 저렇게 만들 수 있을 거 같은데 저 광고를 보고 난 제 생각이 문제예요."

"어떤 생각인지 말해봐라."

한겸은 메모지에 선을 하나 긋더니 칸을 나눴다. 그러고는 칸에다 무언가를 적기 시작했다. 그러자 옆에서 메모지를 보던 종훈이 이해를 했는지 놀란 표정을 지었다.

"좋은 장면만 뽑아서 하나로 만들 생각이야?"

"네. 이거 정말 좋을 거 같거든요."

"그럼 안 되지. 아무리 기획이 무산됐다고 해도 엄연히 TX에서 제작한 건데 그걸 그대로 따라 하면 문제가 커지잖아. 시간 여유가 없다고 해도 이건 아닌 거 같아. 한겸이 너답지 않게 왜 남의 걸 따라 하려고 그래."

종훈의 말에 사무실 분위기가 순식간에 가라앉았다. 한겸은 사무실을 한번 둘러보고는 어색하게 웃었다.

"따라 하는 건 아니고요."

"그럼 여기에 적힌 건 뭐야. 눈 튀기는 장면, 안개꽃이 변하는 장면, 물속에서 사진 찍는 장면 이거 전부 다 TX가 만든 거잖아."

"네, 알아요. 그러니까 TX를 끼고 했으면 해서요."

한겸의 말이 끝나기 무섭게 사무실 직원들이 웅성거렸다. 이번엔 우범도 쉽게 이해되지 않았다.

"TX와 함께 일을 하겠다는 말인가?"

"비슷한데 조금은 달라요. 크게 보면 우리가 주, TX가 부라고 보시면 돼요."

"TX에서 제작을 다 한 건데 어떻게 우리가 주가 될 수가 있지?"

"제작을 다 한 건 아니에요. 우리는 기획을 해야죠. 설명을 하자면, 장면과 장면이 자연스럽게 연결될 수 있게 우리가 기획하는 거예요. 눈 튀기는 장면 다음에 안개꽃이 나오잖아요. 그걸 자연스럽게 연결하는 기획을 계획하는 거죠. 예를 들면 화면에 튀긴 눈이 안개꽃으로 변하면서 자연스럽게 안개꽃으로 보이게 만들 수도 있고요."

"한마디로 TX를 제작사처럼 참여시키겠다는 뜻이군?"

한겸이 고개를 끄덕이는 모습에 우범은 잠시 생각에 잠겼고,

사무실 직원들은 다시 한번 웅성거렸다. 특히 가까이에 있던 직원 한 명이 조심스럽게 손을 들어 올리며 입을 열었다.

"저… 좋은 아이디어 같긴 한데요… TX에서 그걸 받아들일까요?"

"받아들일 거 같은데요."

잠시 생각을 하던 우범 역시 한겸과 같은 생각이라는 듯 고개를 끄덕거렸다.

"받아들이긴 할 겁니다. 아예 못 쓰는 광고가 되어버린 걸 다시 쓸 수 있게 됐는데 당연히 하겠죠."

"아! 그렇네요. 예산까지 전부 돌려줬다는데 그걸 메울 수 있으니까 하겠네요."

"맞습니다. 결정이 된다면 DIO에서도 압박을 할 테고. 게다가 TX에서는 우리를 통해 이미지 쇄신할 기회라고 생각할 수도 있습니다."

"그럼 TX만 좋은 일 아닙니까……? 우리도 이득은 있겠지만 조금 그렇네요……. 잘못하면 우리 이미지도 나빠질 수도 있을 것 같습니다."

그러자 한겸이 손사래까지 쳐가며 말했다.

"저희가 TX의 이미지를 바꾸게 도와줄 생각은 없어요. 그건 자기들이 알아서 해야죠. 그리고 우리 이미지 나빠질 걱정은 안 해도 될 거 같아요."

"어떻게 안 할 수가 있습니까."

"우리 회계 감사한 거 있죠? 그거 공개해서 우리는 깨끗하다는 이미지 보여주면 돼요."

"아……."

"아예 홈페이지 메인화면에 공개해 버리죠."

우범은 해결책까지 생각한 한겸의 모습을 보며 적잖이 감탄했다. 그런데 듣다 보니 해결책까지 생각해 놓은 마당에 따로 문제가 될 건 없을 것 같았다.

"그럼 뭐가 문제지?"

한겸은 잠시 어색하게 웃더니 입을 열었다.

"방 PD님이요. 예전에 TX 때문에 한번 망하셨거든요."

"그건 알고 있다. 흠, 방 PD님이 문제군."

"TX광고가 좋다고 해도 방 PD님하고는 계속 같이 일할 건데 방 PD님 의견을 들어봐야 할 거 같았어요. 마음대로 결정했다가 방 PD님하고 그만 일하게 될 수도 있을 거 같았거든요."

"음… TX에 일을 맡기면 방 PD님이 붕 떠버리게 되는군."

한겸은 아니라는 듯 고개를 저었다.

"그건 아니에요. Do It 프로덕션이 제작 총괄이 될 거예요. 그래서 저희가 주라고 한 거예요. 물론 방 PD님이 하신다면 그렇게 되겠지만 아니라면……."

한겸은 말을 멈추고 사무실 직원들을 가만히 쳐다봤다. 그러고는 가볍게 고개를 숙이더니 입을 열었다.

"제가 마음대로 판단해서 사무실 분들한테 죄송한데, 앞으로 우리가 원하는 광고 만들려면 방 PD님이 이번 일보다 중요하다고 생각해요. 그리고 저희 팀 방 프로 역시 마찬가지고요. 혹시 방 PD님이 안 하신다고 하면 안 할 생각이에요."

우범은 입을 다문 채 한겸을 쳐다봤다. 이번 일로 C AD가 크게 도약할 수도 있었지만, 제대로 된 아군을 잃게 될 수도 있었다. 아마 자신이 혼자 고민을 했더라도 쉽게 결정할 수 없는 일이라는 생각이 들었다.

하지만 한겸이 이미 결정해 놓은 상태였기에 더 이상 고민할 필요가 없었다. 게다가 한겸의 결정도 마음에 들었다. 지금 당장 눈앞에 펼쳐진 기회만 보는 것이 아니라 자신의 힘으로 그 기회를 만들 수 있다는 것처럼 들렸다. 우범은 자신도 모르게 웃으며 한겸을 봤다.

"방 PD님은 내가 만나보지."

*   *   *

이른 아침이었지만, C AD의 사무실에는 거의 모든 직원이 출근한 상태였다. 직원들은 초조한 표정으로 수시로 시간을 확인했다. 그러던 중 직원 한 명이 사무실에 나와 있는 한겸에게 다가왔다.

"김 프로님… 미팅 오후 8시가 아니라 오전 8시 맞죠?"

"네. 대표님한테 못 들으셨어요? 저도 어젯밤에 들었는데."

"저희도 듣긴 했죠. 그런데 아침 8시에 미팅하는 건 처음이라서요. 기획 팀분들도 아직 출근 안 하셔서 혹시 잘못 들었나 해서요."

"해결해야 될 문제들도 빨리 해결해야 해서 일부러 일찍 잡으셨대요. 그리고 기획 팀도 이제 곧 출근할 거예요."

"그런데 대표님이 왜 안 오실까요… 이제 곧 8시인데 DIO에서 먼저 오는 거 아닌가 걱정입니다."

그때 마침 사무실 문이 열리며 우범이 들어왔다. 우범은 곧장 자리로 가더니 가방에서 무언가를 꺼냈다. 그러고는 한겸에게 다가왔다. 그 모습을 보던 한겸은 웃으며 말했다.

"숙취 음료까지 드실 정도예요?"

"그래. 어쩌다 보니 과음하게 됐다. 넌 왜 어제하고 같은 옷이지? 회사에 있었던 거냐?"

"작업할 게 있었어요. 아무튼 고생하셨어요. 그런데 어제 자세히 못 들었는데 방 PD님 어떻게 설득하셨어요?"

우범은 숙취 음료를 한 번에 털어 넣었다. 그것만으로 부족했는지 껌까지 씹은 뒤 말을 하려 했다. 그때, DIO의 부사장이 사무실로 들어왔다. 한겸은 궁금했지만, 방 PD의 문제가 해결된 이상 DIO와의 미팅이 우선이었다.

*　　　　*　　　　*

한겸은 DIO 부사장에게 TX에 대한 얘기를 꺼내기 전 광고에 대한 얘기부터 꺼냈다.

"광고를 하나로 하는 건 어떨까요?"

"네?"

"지금 DIO에서 원하는 건 네 가지 색상을 제대로 보이게 하는 거잖아요. 그걸 하나의 광고로 다 보이게 하는 거죠."

"C AD에서 그런 판단을 한 이유가 혹시 시간상 여유 때문입니까?"

"그런 것도 있지만 아무리 봐도 조금 아까워서요."

"뭐를 말씀하시는 거죠?"

"TX에서 제작한 광고요."

부사장의 표정이 살짝 일그러졌지만, 한겸은 아랑곳하지 않고 부사장의 일행을 보며 입을 열었다.

"어제 봤던 영상 좀 보여주실 수 있을까요?"

DIO의 직원은 한겸에게 휴대폰을 건네주었고, 한겸은 그 영상을 보며 입을 열었다.

"각각의 광고들을 하나로 묶어서 TV광고에 내보내고 온라인, 모바일에는 지금 이 광고 그대로 풀 버전으로 내보내도 될 것 같은데요."

부사장은 말도 안 되는 소리에 자신도 모르게 고개를 갸웃거렸다. 아무리 생각해도 한겸이 말한 의도를 파악할 수가 없었다.

"음, 지금 우리 DIO와 TX가 계약이 해지된 상태인 걸 모르시진 않으실 텐데요."
"알죠. 그러니까 저희한테 찾아오신 거고요."
"그런데 TX에서 만든 광고를 계속 이용하라고 하시는 말씀은 이해할 수가 없군요."
"이 광고 좋아요. 저희가 만들어도 아마 이렇게 만들긴 어려울 거예요. 물론 시간만 더 있었으면 더 좋은 광고가 나왔을 텐데 지금은 시간이 없잖아요."

부사장은 한겸이 진심으로 저런 말을 하는 건지 아니면 다른 의도가 있는 건지 도무지 이해가 안 됐다. 자신들을 찾아온 고객에게 남이 더 잘한다고 다른 곳을 소개해 주는 회사는 듣도 보도 못했다. 그러다 보니 자신이 파악하지 못한 다른 의도가 있는 건가 생각했다. 하지만 한참을 생각해도 파악할 수가 없었다. 대행료에 대한 얘기는 처음부터 지금까지 한 번도 꺼낸 적이 없었으니 돈을 더 달라는 건 아니었다. 그때, 자신을 보고 있는 한겸과 눈이 마주쳤다.

"그러니까 DIO 입장에서는 문제를 일으킨 TX와 할 수 없어서 그러시죠? 그래서 저희를 찾아온 거고요."

"결과적으로 그렇죠."

"그런데 저희는 TX가 만든 광고가 마음에 들기도 하고, 여러 가지 상황을 종합하면 TX가 만든 광고가 가장 적합하거든요. 그렇다고 TX의 이름을 내걸고 할 수는 없으니 우리 C AD가 그 중간 역할을 하면 될 거 같아요."

"……."

"우리는 기획을 하고 제작은 TX에서 했다고 하면 될 거 같은데요. 보통 사람들은 제작사에는 큰 관심이 없거든요."

"TX에 외주를 맡긴다는 말입니까……?"

"외주라고 볼 수도 있네요. 아마 TX도 지금 힘들어할 테니 받아들일 거 같은데요? 제작했던 것들이 쓰레기가 되는 것보단 나을 테니까요."

부사장은 순간 욕심이 났다. 광고에 대한 욕심이 아니라 사람에 대한 욕심이었다. 한겸을 데리고 온다면 DIO를 위해 큰일을 해낼 것 같았다. 그때, 부사장을 보던 우범이 부사장의 표정을 읽었는지 웃으며 입을 열었다.

"C AD AE이자 오너입니다."

"아……."

부사장은 자신의 마음이 읽혔다는 생각에 민망했는지 헛기침을 뱉었다. 그러고는 아까보다 더 적극적으로 대화에 임했다.

"그런데 아무리 C AD가 대행사 역할을 한다고 해도 이면계약 문제가 있었던 TX가 계속 함께한다는 걸 사람들이 알게 되면 변한 게 아무것도 없다는 말이 나올 겁니다. 우리는 C AD까지 이용했다는 얘기가 나올 수 있죠. 더 나아가서는 C AD의 이미지도 나빠질 수도 있습니다."

"전혀요. 그럴 일은 없어요."

"그렇게 확신할 순 없는 일이죠. 이면계약 문제만 해도 이렇게 밝혀질지 누가 알았겠습니까."

"제 말은 사람들이 알아도 된다는 거예요. 분명히 관심은 없겠지만 알아도 큰 문제는 없어요."

"그게 자기만 깨끗하다고 남들도 똑같이 보는 건 아닙니다."

"남들도 똑같이 보게 해야죠."

한겸은 피식 웃더니 우범을 보며 말했다.

"작업 어떻게 진행 중이에요?"
"회계감사 말하는 거면 지금 작업 중이다."
"생각보다 빠르네요."

우범은 피식 웃더니 부사장을 보며 설명했다.

"회계법인을 통해서 전부 감사를 진행했습니다. 지금은 기중 감사를 진행하고 있지만, 앞으로는 기말까지 합쳐 이상 감사를 지속적으로 진행할 거고 그 결과를 홈페이지에 올려놓을 예정입니다. 그리고 투명성을 더하기 위해 회계법인은 두 곳이 참여해 기중과 기말을 각각 맡게 될 겁니다. 서류상으로 그 어느 곳보다 투명하게 운영되고 있죠."
"언제부터 준비하신 겁니까……?"
"얼마 되진 않았습니다. 다만 근처 회계법인과 잘 아는 분이 있어서 빠르게 진행할 수 있었습니다. 다른 이유는 없고 미리미리 준비를 해놓은 겁니다."

부사장은 어이가 없다는 표정을 지었다. 모든 걸 미리 알고 준비하고 있었던 것 같았다.

"우리가 DIO와 일을 해도 그 부분도 공개가 될 테고 그럼 계약 외의 커미션 없이 투명하게 진행했다는 걸 사람들이 볼 수 있겠죠. TX도 외주 형식이다 보니 우리한테서 돈이 나가니까 아무런 문제도 없을 거예요."

"그렇군요……."

"아까 말했듯이 TX도 할 거예요. 자신들보다 작은 회사의 도우미를 한다는 게 자존심이 상하겠지만 얻는 게 더 많으니까 하겠죠. 그럼 이 문제는 해결된 거죠? 이제 광고 얘기를 해봐요."

부사장은 한겸을 물끄러미 쳐다봤다. 아직 TX의 입장도 들어 보지 않은 상태인데도 마치 자신이 얘기한 대로 흘러갈 거라는 자신감이 있었다. 그리고 한겸의 말처럼 될 것 같았다. 그때, 한겸이 입을 열었다.

"앞서 말한 대로 되면 저희가 광고를 맡을게요. 만약 저희 기획 팀에서 아직 남은 퍼펙트 블랙에 대한 기획을 못 한다고 해도 문제는 없을 거 같거든요."

"그것도 TX에 맡기실 생각이십니까?"

"그렇죠. 앞에 것들도 잘했는데 뒤에 것도 잘하겠죠. 물론 우리 기획 팀이 더 좋은 기획을 내놓으면 그걸로 하게 될 거고요. 지금부터 제가 생각한 걸 말씀드릴게요."

한겸은 준비한 자료를 보여주며 입을 열었다.

"3가지 광고에서 마음에 드는 장면들을 합치면 그게 10초 정도 되거든요. 사실 TV 광고를 하려면 그 정도로도 충분한데 하나의 색을 더 넣어야 하니까요. 그래도 15초는 넘지 않아야 하거든요."

"그럼 13초 아닙니까?"

"제가 마음에 드는 장면들을 연결할 장면이 필요해요. 연결 신은 2초면 될 거 같거든요."

TX에서 만든 광고 원본이 한겸에게는 없었기에 따로 준비를 했지만 이것만으로는 쉽게 이해하기 힘든 모양이었다. 연결을 해서 보여준다면 확연히 느낄 수 있을 테지만 작업하는 데 약간의 시간이 필요했다.

"혹시 30분 정도만 기다려 주실 수 있을까요?"

"지금 말입니까?"

"네, 아무래도 조금 작업을 한 다음에 보는 게 더 좋을 거 같아서요."

"작업이 30분이면 되는 겁니까?"

"완벽하진 않더라도 보시는 편이 나을 거 같아요."

"그럼 여기서 기다리죠."

한시라도 빨리 광고 일을 해결해야 했던 부사장은 오늘 온 김에 답을 듣고 가려 했다. 한겸도 어렵지는 않은 일이었기에 고개를 끄덕이고는 고개를 돌려 사무실 직원에게 말했다.

"DIO 팀장님 휴대폰에 있는 광고 영상 제 메일로 좀 보내주세요."

"네!"

사무실 직원인 장 프로가 재빠르게 DIO 팀장을 데리고 자리로 갔고, 한겸은 서둘러 기획 팀 사무실로 올라갔다.

*   *   *

3층으로 올라간 한겸은 출근해 있던 팀원들을 보며 씨익 웃었다. 그러자 범찬이 답답한 표정으로 한겸을 다그쳤다.

"넌 또 왜 웃고? 하기로 했어? 어제 톡으로 오늘 결정된다며!"

"그럴 거 같아. 난 잠깐 작업 좀 하고. DIO까지 포함해서 휴대폰 시장조사는 했어?"

"그건 이미 하고 있지. DIO 잘 만들었는데 인기가 없는 건 누구나 다 아는 거고. 그런데 진짜 TX하고 한다고?"

팀원들도 어제 미팅에 있었던 내용은 알고 있었다. 다만 TX에서 만든 광고를 직접 보지 못했기에 아직 제대로 된 수긍을 하지 못한 상태였다. 한겸은 곧바로 자리에 앉더니 부사장에게 보여줄 영상 작업을 시작했다. 팀원들은 무척이나 궁금했지만 한겸이 바쁘게 움직이는 모습 때문에 말을 걸지 못했다. 그러자 수정이 대신 입을 열었다.

"아마도 우리가 DIO 일 맡을 거야."

"어? 진짜? 뭐야 넌 어떻게 알아."

"우리 아빠한테 들었어."

"방 PD님? 방 PD님은 그걸 또 어떻게 알고. 어제까지만 해도 분명히 확정 안 됐다고 그랬잖아."

"나도 자세히는 몰라. 아무튼 우리 아빠가 한다고 했어."

"뭔 소리야. 방 PD님이 TX하고 일하는 거 수락하셨다고?"

수정도 결과만 알고 있었는지 제대로 얘기를 하지 못했다.

"나도 잘 몰라. 아무튼 한다고 그랬어."

"어휴, 도대체 무슨 생각인지! 야, 겸쓰 혹시 우리 모르게 TX에서 돈 받았냐?"

"김한겸 바쁜데 괜히 말 시키지 마."

"궁금하잖아. 그런데 도대체 어떤 생각으로 살아야지 TX를 쫄따구처럼 부릴 생각을 하는 거지?"

"김한겸이니까."

"아, 그 말 한마디로 이해됐어."

다들 한겸의 작업이 끝나길 기다릴 때, 어제 먼저 퇴근을 했던 신입 직원들이 조심스럽게 질문을 던졌다.

"그런데 예산은 얼마 잡혀 있대요?"

"580억 정도 되는 거 같아요."

"580억… 이요? 5억 8천도 아니고 58억도 아니고 580억?"

대답을 하던 종훈도 아직 실감이 나지 않는 금액이었다. 아직도 자신이 제대로 들은 게 맞는지 헷갈릴 정도였다. 범찬과 수정도 놀랄 만한 금액이다 보니 신입 팀원들은 손으로 입을 가릴 정도로 놀랐다. 그중 양 프로가 용기를 내 질문을 했다.

"저기 나 프로님, 진짜 580억이면 우리 회사에는 얼마나 떨어지는 거죠?"

"우리 대행료가 10%니까 58억이겠죠?"

"와… 그런 돈이 오고 가긴 하는구나… 너무 커서 그런지, 다른 세상 얘기 같네요."

"저도 그래요. 돈은 둘째 치고 문제는 저희가 TX와 경쟁을 해야 될 수도 있다는 거예요."

그 말을 들은 수정이 인상을 쓰며 입을 열었다.

"외주라면서 웬 경쟁이에요?"

"내가 그런 게 아니라 한겸이가 남아 있는 퍼펙트 블랙에 채울 기획을 우리가 못 내놓더라도 TX에서 내놓으면 된다고 그랬어. 그 말은 경쟁하라는 거 아닐까?"

"이거 또 질 수 없게 만드네. 우리 다들 모여요! 절대 질 수 없죠!"

"아직 계약도 안 했잖아."

"한시도 아까워요. 절대 지면 안 돼요!"

수정이 당장이라도 작업을 시작하겠다는 듯 불타오를 때, 작업을 마친 한겹이 고개를 들고선 입을 열었다.

"왜 경쟁을 해."

"김한겹 네가 그랬다며!"

"난 그런 말이 아니지. 우리가 못 하더라도 경쟁은 아니야. 우리는 TX에서 기획을 내놓은 걸 관리하고 판단해서 광고에 어울리는 최적의 기획을 추려야지. 우리 AE잖아."

"아!"

한겹은 피식 웃더니 팀원들에게 다가갔다.

"그 전에 이거 한번 봐. 앞에 영상 3개는 TX에서 만든 거니까 이건 이따 봐. 일단 지금 작업한 거 보여줄게. 앞에 광고들에서 좋은 장면만 추린 거야. 거기 중간에 비어 있는 부분이 있어서 어색한 부분이 있을 거야. 지금은 임시로 작업했지만 우리가 할 일은 장면을 연결할 신 기획이랑 퍼펙트 블랙에 대한 기획이야."

한겹은 웃으며 작업한 영상을 재생했고, 팀원들을 TX를 관리할 생각에 들뜨는지 약간 상기된 표정으로 모니터를 봤다.

그리고 잠시 뒤 영상을 본 팀원들은 더 이상 들뜬 표정이 아니었다.

"TX… 잘하네?"

『눈으로 보는 광고 천재』 9권에 계속…